Li Kotomi
sei wo iwau

生を祝う

李琴峰

朝日新聞出版

生を祝う

1

無理やり生まれたらしいよ、冷蔵庫を掻《か》き回しながら凜々花《りりか》が言った。その前後の言葉は窓から雪崩《なだ》れ込んできた蟬《せみ》の声に掻き消されて聞こえなかった。

「えっ、誰のこと？」

蟬の鳴き声に負けじと、私は叫ぶようにして訊《き》き返した。

会社の休憩室の窓が一列の街路樹に面しており、そこに蟬がたくさん棲みついているらしく、鳴き出すととても騒がしい。蟬の声を耳にする機会自体がめっきり減っている近年では、このような盛大な蟬時雨《しぐれ》は珍しい。地球温暖化の進行で、ここ数年間、夏になると東京は熱波に包まれ、蟬すら暑さにやられているのか、昔ほど鳴かなくなった。このままだと求愛行動ができず、蟬は絶滅の危機に瀕しかねないとテレビの情報番組が言っていた。今年は梅雨が長引いたせいで夏は例年ほど暑くなく、この好機を逃さんとばかりに蟬が一斉に鳴き出しているのだ。

「河野部長の子供よ」

食後のデザートのプリンを手に席へ戻ってきた凜々花は碧《あお》い瞳をしばたきながら、勿《もっ》体《たい》ぶった微笑みを浮かべた。「彩華《あやか》、何も聞いてないの？」

「ううん」ご飯を口へ運びながら私は言った。「凜々花、なんか聞いた？」

エバンス凜々花は会社の同期で、私と同じ経理部に所属している。入社時から仲が良く、いつも休憩室で一緒にお昼を食べるようにしていて、かれこれ六年目になる。私は名字が立花で、二人とも名前に「花」が入っているということで部内や隣の部署では「フラワー・シスターズ」というあだ名で呼ばれたりもして、語感がダサ過ぎると抗議してもなかなか聞き入れてもらえない。

そもそも私と凜々花は全く姉妹に見えない。彼女はアメリカ人の父と日本人の母の間に生まれたダブルの子で、見た目からして私と大違いだ。南の海を思わせる碧い瞳、彫りの深い立体顔、そして人混みの中でも目立つすらりとした長身は父親譲りで、きめ細かい肌とさらさらした髪の毛は母親の遺伝だろう。私は両親とも日本人だし見た目も平凡なので、彼女の華やかな外見が少し羨ましい。

プリンの蓋を開けようとする手を止めて、凛々花は私の耳元に唇を近付け、囁《ささや》くように言った。「河野部長、『出生強制罪』で訴えられたって、今、総務部内でもっぱらの噂よ」

「えっ？」

凛々花が口にしたその禍々《まがまが》しい響きの言葉を聞いて、私は唖然《あぜん》とし、箸を持つ手が宙で止まった。

河野部長というのは隣の総務部の統括部長で、五十手前の男性だ。彼の仕事ぶりは上からはそれなりに評価されているようだが、部下にはよく威圧的な態度を取るので下からは嫌われている。そんな彼は二週間前から会社にばったり来なくなり、連絡も全くつかないらしい。彼の行方を巡ってはしばしば噂の的、そして雑談のネタになる。私も彼の無断欠勤の事情について色々想像を巡らせたが、それでも凛々花の情報は完全に予想を超えていた。

「出生強制って、いくら何でもひどい！　信じらんない」

と私が言うと、

「まあ、あくまで噂だけどね。確定判決が出たわけじゃないし」

凜々花はけろりとした表情でプリンの蓋を開け、ひとくち口へ入れる。「でも、火のないところに煙は立たないって言うでしょ？　どちらにしても、そんな噂が立っている以上、もう会社には戻ってこられないかもね。次の部長は誰なのかってみんな激論してるよ」

出生強制の噂と比べれば、次期部長候補のことなんてどうでもいいじゃん。そう思いながら、混乱した頭が次第に平静さを取り戻した。残りのご飯を平らげ、緑茶で流し込んでから、私は訊いた。

「そういう世代だからかな？」

「どうだろう」

凜々花は首をひねった。窓から滲《にじ》み込んだ陽射しが彼女のストレートの茶髪に当たり、頭のてっぺんに光の輪っかを作り出していた。「世代的にそこまで古くはない気がするのよね。だって、私たちの親よりは若いでしょ？」

「それもそっか……ひょっとしたら、無差別出生主義者とか？」

弁当箱を片付けながら、私は言った。「そう言えば、そういう主張の怪しい新興宗教が動いてるってニュースで見た気がする。そんな宗教にハマったとか？」

「そんな様子もなかったみたいよ。飲み会や普段の雑談でその手の主張を口にしたのを聞いた人がいないし、部下が妻の出生取消手術《キャンセル》に立ち会うために休みを取ろうとした時でも、快く許可したって。大変な時期だけど、傍《そば》にいてやれって、優しく声までかけて。その手の宗教にハマってたらさ、そこは難色を示したり、少なくとも躊躇《ためら》いが見られそうなもんじゃない？」

「そんなことまで知ってんの？　やっぱ凜々花、情報通だね」と私は感心した。

「いや、総務部の知り合いが何人かいるだけだよ」

いきなり褒められて恥ずかしくなったのか、凜々花は小さくはにかんだ。完食したプリンのカップをシンクのところへ持っていってすすぎながら、話題を変えた。「まあ、他人の子供より、自分の子供の方が気になるけどね」

「ほんとそれ」

フランス人の夫と結婚した凜々花はもう妊娠五か月で、うまくいけば今年の冬には出産する予定である。「今のところ、健診結果は大丈夫？　世界の生存難易度指数の平均がまた上がったって、この前ニュースで言ってたけど。たしか、〇・三ポイント」

「大丈夫よ、胎児の生存難易度はまだ低い水準だし、この数値なら出生拒否《リジェクト》になる確率が極めて低いって、先生が」

言いながら、凜々花はプリンのカップをゴミ箱に捨て、席に戻ってきた。「そちらこそ、どうなのよ？　先月、愛おしいダーリンと妊娠手術、してきたでしょ？」

「こわっ、なんでそんなことまで知ってんの？」

私は思わず驚きの声を上げた。別に隠すつもりはないけれど、会社で公表するのはもう暫《しばら》く経ってからにしようと考えていた。

「だって、先月休みを取ったでしょ？　休み明けの日、すっごく清々しい笑顔になっててさ、表情も柔らかくなったし、自分では意識してないかもしんないけど、めっちゃお腹触ってたよ。それを見て、ああこの人、お腹に命を宿したなって、思ったの」

凜々花は悪戯《いたずら》っぽい笑みを浮かべながら言った。「安心しな、誰にも言ってないから」

「流石《さすが》、情報通の凜々花様には隠し事をしても無駄ということね。敵に回さなくてよかったよ」

溜息を吐《つ》き、私は白状することにした。「お察しの通り、先月うちの人と妊娠手術をしてきたの。まだ一か月しか経ってないから健診も何もできないけど、とりあえず着床は順調だった」

「この、幸せ者め」

言いながら、凜々花は私の腰あたりに手を伸ばしてきて、いきなりくすぐり始めた。

何すんのやめてよ、と笑って抵抗しながら、私も反撃した。幸せなのはお互い様でしょ？　凜々花は私以上にくすぐったがりで、特に脇の下が弱いことを私は知っているので、そこに集中攻撃を仕掛けた。

くすぐり合戦が暫く続き、二人とも耐えられなくなってから休戦にした。

「それにしても」

と、凜々花は弾んだ呼吸を整えつつ、急に感慨深げな表情になって、自分のお腹を摩《さす》りながらしみじみと言った。「今みたいに素直に出生を喜ぶことができるのは、全て『合意出生制度』のおかげだよね。『合意なき出生』のリスクを取っ払ってくれてるから」

凜々花の口調に影響され、私もしんみりとした気持ちになった。

「本当にその通り。『合意なき出生』は最悪だし、出生を強制する人って、ほんと最低。親として許せない」

「まあ、お互い無事生まれてくるといいね。そしたら、お祝いパーティーでもしよう」

昼休みがそろそろ終わるので、凛々花はそう言うと、夫が作ってくれたという愛夫弁当の弁当箱を片付けて休憩室を出ていき、職場へ戻った。

陽射しの角度が緩やかに推移し、金色の光がちょうど私のお腹あたりに当たっている。その光の中で、小さな命がゆっくり育まれていることを考えると、胸の奥から突き上げてくるものを感じ、鼻がじんと痛んだ。妊娠一か月で、まだ胎動も何も感じられないけど、そこには確かに私たちに連なる命の種が存在している。大丈夫よ、あなたの意思は絶対に尊重するから、絶対に出生強制なんてしないから、安心してゆっくり育ってね、と、私は自分のお腹を摩りながら、やがて生まれてくるかもしれない命に向かって、心の中で誓った。

いつの間にか鳴き止んでいた蟬たちは、また一斉に騒ぎ出した。

＊

日本で「合意出生制度」が確立されたのはちょうど私が生まれた年、今から二十八年前のことだった。

五十数年前、「失われた三十年」の末に日本が迎えたのは、世界を席巻する流行り病の災いだった。終息まで五年もかかり、世界人口の三分の一が失われたと言われるその災禍が、もともと不況だった日本経済を一気にどん底へ叩き落とした。多くの国民が職を失い、国全体が食糧不足に陥り、街に出ると病と飢餓で亡くなった人の死体がごろごろ転がっていたという。

疫病の終息後、政府は失政の責任を問われ、政権交代がなされた。それまでの排外的な政権とは打って変わり、新しい政権は諸先進国に倣《なら》い、海外からの移民を積極的に受け入れる方向へ舵を切った。「日本は外国人に乗っ取られる!」と一部の保守派が騒ぎ立て、反対運動も行われたが、結果的に流入した移民は日本経済を奮い立たせ、「第二次高度経済成長」の実現へと繋《つな》げた。国際結婚がブームになるまでそれほど時間はかからず、今に至っては日本国民の半数がダブルの子供だと言われる。

疫病の時代は、かつてないほどに死が全ての人間と隣り合わせの時代でもあった。いつ、どこで、どのように死んでいっても不思議ではないという現実は、人々の死生観を大きく変化させた。それまでも人々は、死はいつか到来するものだと頭で分かっていても、どこか他人事《ひとごと》のように感じられ、ほぼ無条件に、本能的に生を喜び、死を忌避していた。しかし、病による死の苦痛と予測不可能性に直面した時、人々は死を身近なものとして感じるようになり、せめて死ぬ時間と場所、そして死に方くらいは自分で決めたいという渇望を抱くに至った。その結果、安楽死の合法化を求める運動が世界各地で巻き起こり、大きなうねりを作った。その思潮を象徴する最も有名なスローガンは、「Retrieve the Death Autonomy from the Moirai.（死の自己決定権を運命の女神から取り戻せ）」というもので、「自由」という花言葉を持つアスチルベが運動のシンボルとなった。運動が功を奏し、数年後、世界の主要国が次々と安楽死法案を可決させていった。死を望む人は特段の理由がなくても、お金さえ払えば誰でも苦痛なくこの世に別れを告げられるようになった。

死の自己決定権を手に入れた人々は、次は生について考えを巡らせるに至った。アメリカでの画期的な裁判がその発端だった。「同意を得ずに自分を産んでしまった」として、男性が生みの親を提訴したその裁判は十年の紛糾の末、男性の勝訴判決が連邦最高裁から下され、両親は裁判費用と男性の安楽死費用を負担しなければならないという結果となった。その裁判は通称「合意なき出生裁判」で、「生の自己決定権」にまつわる世論を刺激し、「生まれない権利」を認めようという世界的なムーブメントへと繫がった。こちらも大きなうねりになり、「出生前の胎児に出生意思の有無を確認するための技術」の開発を目指す研究プロジェクトが世界中で立ち上がった。

数年後、日本の研究チームが前世紀の言語学者・チョムスキーが提唱した「普遍文法」という概念に着目し、大きな成果を挙げた。普遍文法とは、あらゆる人間に生得的に備わっている抽象的な固有文法のことで、人間が幼児期に第一言語を効率的に習得できるのはそのような文法を生まれつき持っているからだとされている。日本の研究チームは、「普遍文法」は妊娠九か月目の胎児に既に備わっているということに気付き、その文法の解明により、胎児と極めて簡単な意思疎通を行うことに成功した。その研究成果は世界から賞賛を浴び、ノーベル賞も受賞した。

更に数年後、胎児に出生の意思があるかどうか確認するために必要な諸技術はいよいよ成熟し、実用化された。それに伴って、世界各国は「合意出生制度」の立法に乗り出した。日本では「無差別出生主義者」と呼ばれる保守派（彼らは自分たちのことを「自然出生主義者」と呼んでいるが）からの反発もあったが、交代後の政権は世界の新しい思潮をどんどん取り入れていたし、そもそもこの技術は日本の研究成果によるものだったので、日本政府は立法にとても積極的だった。おかげで日本は世界で三番目に「合意出生制度」を法制化させた国になった。世界主要国での法制化が概《おおむ》ね完成した翌年、アメリカ大統領は一般教書演説でこのことに言及し、こう述べた。

「人類の歴史のほとんどの時間において、人間は自らの意思と関係なしに生を押し付けられ、出生という、ややもすれば大きな不利益に繋がりかねない営為を強制されてきた。かのハンムラビ法典では子供は親の財産とされ、子を産むことは、財産を作ることと同義だった。ちょうど家畜を繁殖させるのと同じだ。近代以降、我々人類は不断の努力により、自由権や平等権を大きく向上させてきたが、その射程が生の自己決定という聖域に及んだことはこれまで一度たりともなかった……『合意出生制度』の確立によって、我々人類はいよいよ究極の、つまりは生と死に関する自己決定権を完全に手に入れることに成功した。これはフランス革命以来、人類史上最大の人権回復の成果だ」

——これらはどの中学の歴史教科書にも載っていることだが、小学校高学年の授業では、もっと嚙み砕いた言葉で「合意出生制度」について教えられている。

「昔の人たちは『生まれない権利』や『生の自己決定権』といった考え方を持っていなかったから、子供は自身の意思と関係なく、どんどん生まれていった。ほんとに可哀想な時代だったね」

五年生の時の社会の先生が言った言葉は今でも覚えている。「子供は人間として、命として見なされていなかったんだ。だから人権というものがなかったんだよ。みんなは色々、欲しいものがあるでしょ？　おもちゃが欲しいとか、お小遣いが欲しいとか、ね。昔の人は、まさに『お金が欲しい』『おもちゃが欲しい』みたいな感じで、『子供が欲しい』と言っていた。『美味《おい》しいものが食べたい！』『面白いアニメを観たい！』という感覚で、『子供を産みたい！』と言っていた。『自分の血を受け継いでほしい』『家業を継いでほしい』『自分が年を取ったとき面倒を見てほしい』『働き手を増やしたい』、そういった自分勝手な願望で子供を産む人も多かった。当時の人たちは、『出生の強制』という概念がなかったから、子供の意思を確認しないで子供を産むことは、『強制』だと思われていなかった。今とはだいぶ違うね」

「先生！」

クラスで一番成績がいい女子が手を挙げて質問した。「生まれたくないのに生まれてしまった子供たちは、どうすればいいですか？」

「どうしようもないね、可哀想だけど」

先生はいかにも悲しそうな表情で言った。「先生が子供だった時は、まだ安楽死も合意出生制度もなかったから、よく覚えてるよ。生まれたくないのに生まれてしまった人は、頑張って生きるか、自殺するしかなかった。だから自殺する人が多かったんだ。今なら安楽死もできるけど、高いから誰でも簡単にできるわけじゃない。先生だって、合意の下で生まれてきたわけじゃないから、なんとか今まで無事生きてこられたのは、ほんとにラッキーなことなんだよ」

そこまで言って、先生の顔にはふっと暗い影が差した。

「そういえば、皆さんの中にも法律ができる前に、意思を確認されないで生まれてきた人がいるんだね」

合意出生制度はちょうど私が生まれた年にできたから、私と同学年の人には制度ができる前に生まれた人とできた後に生まれた人、どちらもいた。私はぎりぎり確認された上で生まれてきた方だ。

「意思を確認されないで生まれてくると、この先色々な困難に出くわすかもしれない。本当に辛い時に、安楽死を選ぶのは決して卑怯なことじゃない。もちろん、先生としてはなんとか頑張って生きていってほしいかな」

と、先生は神妙な顔で言った。「そして大人になったら、子供を産む時は絶対に子供の意思を尊重してね。『人から命を奪う』殺人と同じで、『人に命を押し付ける』出生強制は、絶対にやっちゃいけないことなんだ。分かったかい？」

教科書の本文の横にある小さなコラムに「出生強制罪の法律」の欄があり、刑法の条文が記載されていた。

〈第三百六十六条　子の出生意思の有無を確認しないで、又は子に出生意思がないと確認したにもかかわらず、なお出産をした者は、無期又は五年以上の懲役に処する。

2　前項の出産事実があったとき配偶者であった者も、現に婚姻関係の有無にかかわらず、前項と同様とする。

3　自ら生殖能力を放棄することによって再犯しないと誓約した場合、その刑を減軽し、又は免除することができる。

4　この条の罪は、告訴がなければ公訴を提起することができない。〉

その下に、補足として「刑事責任とは別に、民事裁判が起こされた場合、出生強制された子の安楽死費用を負担しなければならない可能性もある」とも書いてあった。

私は、自分が意思確認された上で生まれてきてよかったと思う。自分の意思で生まれてきたからこそ、本当の意味で世界を愛することができるし、本当の意味で自分の生を喜ぶことができる。

もちろん、生きていく上で様々な挫折はあった。子供の時、両親が姉ばかり依怙《えこ》贔屓《ひいき》し、私にはきつく当たっていたのが辛かった。高校の時、好きになった先輩に告白したら思い切り振られて、悲し過ぎて一週間も自分の部屋に引きこもり、ほとんど食事が取れなかった。大学入試の時にケアレスミスをやってしまい、僅かな得点差で第一志望の学科に入り損ね、悔しくて手首を切りたくなった。実家を出て一人で上京した大学時代、一回、風邪が悪化して肺炎になり、誰もいない空っぽの部屋で一人で苦しみ、こんなに苦しむくらいならいっそ死んだ方がマシだと思った。今だって、仕事の悩みがたくさんある。職場の人間関係とか、仕事が正当に評価されないとか、スキルが思うように上がらないとか、数えたらキリがない。それでもどんな挫折も耐えてやろうという気持ちになれたのは、この人生は他でもない、自分が選んだものだからだ。この人生は始まりから終わりまで、丸ごと自分のものなのだという事実が、私を支えている。生まれる前に〈同意《アグリー》〉を出した証明である「合意出生公正証書」は、今でも大事に取ってある。意思を確認されず、あるいは意思に反して生まれてきた子供たちが辛いことに遭った時、一体何を心の支えに生きていけばいいのか、私には想像もできない。私だったら、自分の人生、そしてそんな人生を押し付けてきた親を憎んでしまうに違いない。実際、意思確認を経て生まれてきた人より、意思を確認されずに生まれてきた人の方が、自殺する、あるいは安楽死を希望する比率が高いというデータもある。

それに、「合意出生制度」は子供にだけ優しい制度ではない。自分が妊娠してみてはじめて体感として分かったが、これは親にとってもとても優れた制度だ。親たるものは当然、自分の子供に幸せな人生を送ってほしいと考える。もし子供が自分の人生を憎んでしまったら、親もまた自責の念に苛《さいな》まれるに違いない。また、「合意出生制度」がまだなかった時代に、先天的な障碍《しょうがい》を持つ子供を産んだ親はしばしば「健全な身体に産んであげられなかった自分が悪い」というふうに、自分を責めていたと聞く。しかし、今はその出生が子供自身の意思によるものだと確認できる。親の心理的負担はかなり軽減され、本当の意味で我が子の出生を喜ぶことができるのだ。

あの授業を、先生は感慨深げにこう結んだ。

「『合意出生制度』のおかげで、人類は本当の意味で、心の底から子孫の出生を喜ぶことができるようになったんだ」

汗だくになって家に着いた時、妻の趙佳織《ジャウかおり》は台所に立って夕食を作っていた。玄関に立っている私を振り返ると綺麗な笑みを浮かべ、「お疲れ。どうしたの、そんなに汗かいちゃって」と言った。

「外暑いんだよ。あんたはずっと家にいるから分かんないだろうけど」と私は口を尖《とが》らせた。

最寄り駅から家まで徒歩十五分。夜とはいえ、今の気温では汗だくになるのに十分だった。本当は駅から自動運転のタクシーに乗ってもよかったのだが、今日は何だか散歩したい気分だったし、節約にもなるから歩いて帰ってきた。

「夕食はもう少しかかるから、先にシャワー浴びてきたら？」

佳織は野菜を切りながら言った。包丁がまな板に当たるトントントンという小気味よい音が聞こえる。

「そうする」と私は答え、自分の部屋に入り、電気をつけた。

私より一つ年上の趙佳織とは大学時代から付き合っているが、結婚したのは二年前で、それから二人で東京の郊外にある２ＬＤＫの物件を借りて住んでいる。日本で同性婚が法制化されたのは「合意出生制度」の立法より数年前のことで、三十数年経った今、同性カップルは結婚ができるだけでなく、子供も儲けられる。生命科学的な手法で、卵子同士あるいは精子同士の遺伝子情報を結合させるのだ。男性カップルの場合は代理母が必要になるが、女性カップルは自分たちで産むことができる。一か月前に私が受けた妊娠手術というのはつまり、佳織と私の卵子を結合させてできた「接合卵」を、私の子宮に着床させる手術である。どこの産婦人科でもやっている、簡単な手術だ。どちらが産むかはもちろん話し合ったが、子供を二人作るつもりで、今回は私、次は彼女が産むことにしようという結論に落ち着いた。妊娠中の苦労を労《ねぎら》うつもりなのか、彼女は最近よく手料理を作ってくれる。

佳織は中国人の母と日本人の父の間に生まれたダブルで、名字の趙は母から取っている。日米ダブルの凜々花とは違い、佳織は私と外見があまり変わらない。彼女は小説家で、普段は家で仕事をしている。仕事に集中するためにどうしても自分の部屋が必要だと言うので、今でも私たちの部屋は別々である。

バスルームから出た瞬間、ダイニングキッチンの方からいい匂いが漂ってきた。トマト牛肉煮込みスープの香りだ。佳織は既にリビングのソファに座って、テレビを観ながら待っている。テレビでは彼女の小説を映像転換させた動画が再生されている。

自分の部屋で髪の毛を乾かし、最近現れてきたつわりの症状を抑える薬を飲み、リビングへ向かおうとした時、携帯が鳴り出した。画面に、立花彩芽《あやめ》、という名前が表示された。姉からビデオ通話がかかってきたのだ。

画面を見つめたまま少し迷った。そしてカメラ機能をオフにし、音声のみの通話機能で出た。

「もしもしぃ？　彩華、元気ぃ？」

久しぶりに聞く姉の声は記憶と変わらず、どこか甘ったるく、ねばねばした感触を帯びている。砂糖を入れ過ぎた紅茶を飲んだ時の、喉に絡みつくような不快感が思い浮かんだ。

「元気。どうしたの、急に？」

素っ気なく返事すると、姉は傷付いたような声で言った。

「つれないなー、久しぶりに電話したのに、フリでもいいからもうちょっと喜んでよ」

姉に聞こえないよう、私は小さく溜息を吐いた。

子供の時から姉は苦手だ。きょうだい喧嘩《げんか》なんてどこの家庭にもよくあることだが、両親の姉への依怙贔屓っぷりは異様だった。観たいテレビ番組が違ってリモコンを巡って喧嘩になった時、先にリモコンを手にしたのが私だったとしても、両親はいつもそれを取り上げて姉に与えた。誕生日やクリスマスのプレゼントだって、私には安い文房具しか買ってくれないのに、姉には欲しいものならどんなおもちゃでも買ってあげた。姉が持っている綺麗なドールハウスや可愛いデザインの電子ピアノなんかを見ると、私はいつも嫉妬に駆られた。

親から依怙贔屓され、私との待遇が明らかに違っているのに、そのことを全く自覚していないように見えるところが腹立たしかった。姉と関わるとロクなことがないと子供ながらに分かり、私は彼女と距離を置こうとしたが、こちらの意図に気付く様子もなく、彼女の方からやたらと絡んできて、それもまた鬱陶《うっとう》しかった。彼女は時々へらへら笑いながら、あの甘ったるく呑気な声で、彩華ぁ、一緒に遊ぼー、と言いながら、自分のドールハウスやらお人形やらを持ってきて私を誘った。誰があんたのおもちゃで遊ぶものか、うっかり壊したり喧嘩になったりしたら怒られるのはこっちに決まってる、と私はその度に思った。

一回、姉と大喧嘩になったことがあった。いつものように絡んできた彼女に対して、放っておいてほしいと私が言っても彼女は一向に引き下がろうとせず、あれこれ揉《も》めていると、何かの弾みで私の縫いぐるみが彼女に壊されてしまった。それは私がお小遣いをこつこつ貯めてようやく手に入れた、ずっと欲しかったアニメキャラクターのグッズだった。頭と胴体の繋ぎの部分が破れ、白い綿が裂け目から食《は》み出ているその縫いぐるみを見ていると、大好きなキャラクターが大怪我をさせられ血を流しているように見えてとても悲しかった。私はカッとなって姉と取っ組み合いの喧嘩になり、彼女の頭を思いっきり殴った。すると悪いのは向こうなのに、彼女はけたたましい声で泣き出し、親の注意を引いた。

あの日、私は罰として自分の部屋から一歩も出ることを許されず、食事も丸一日抜きにされた。あの縫いぐるみは母が直してから姉にあげた。夜、電気もつけず自分の部屋に閉じ籠もってひとり飢餓感と不公平感に苛まれていると、姉がぬっと部屋に入ってきて、その手に何か持っていた。窓から滲み込む街灯の明かりで、それはケーキだと分かった。夕食後のデザートの余りなのだろう、綺麗に飾り付けられ、ホイップもたっぷり載っているショートケーキだった。彩華ぁ、食べるー？　そう訊いた姉の顔はいつものようにへらへら笑っていて、何を考えているのかよく分からなかった。誰があんたの食べ残しなんか、そう思ってその顔にケーキをぶつけてやりたい衝動に駆られながら、しかしこれ以上空腹感に抵抗できるはずもなく、私は情けないほどの勢いでそのケーキにかぶりついた。半分食べた辺りから、だんだん気持ち悪くなってきた。丸一日空《す》いたお腹に、いきなり甘ったるいケーキを食べたせいだ。やはり姉は意地悪だ。そう思いながらも、フォークを止めることができなかった。結局その後はお腹を下し、食べたものをほとんど出してしまった。あれからますます姉のことが嫌いになった。

　大人になってから、両親の気持ちが少し分かった気がした。恐らく合意の下で生まれた私と比べ、意思確認を経ずに出産した姉に対して、両親は負い目を感じていたのだろう。まだ合意出生制度ができる前のことだから犯罪にこそならなかったものの、倫理的な観点で自分たちを責めていたのかもしれない。姉への依怙贔屓は後ろめたさの裏返しであり、また彼女が少しでも自分の生を肯定できるようにするための努力だと考えれば、辻褄《つじつま》が合う。そう考えると、逆に姉が不憫《ふびん》に思えてくる。いくら両親から埋め合わせをしてもらったところで、〈合意なき出生〉であった事実は変わらないのだ。姉は別に意地悪でも何でもなく、やたらと私に絡んできたのは単に仲良くしたかったためであり、デザートの余りを持ってきたのも単なる思いやりだったのだろう。空腹時にいきなり甘いものを食べると身体に悪いなんて知識を、当時の姉は持っていなかったはずだ。

「ごめん、そんなつもりなかった。姉さんこそ、元気？」と私は言った。

両親と姉の気持ちが少し分かった気にはなったものの、子供時代の記憶はやはり身体の奥底に根強くこびりつき、今でも私は姉の声に対してほぼ本能的な拒絶反応を覚え、両親とも疎遠になっている。子供時代の嫌な記憶を抜きにしても、私は姉とは周波数が合わないというか、会話をしていると、こちらがじゃんけんをやっているのに向こうはグーパーをやっているような、永遠に嚙み合わない感じだ。そのせいで、大学に入って東京に出てきてから姉とはあまり会わなくなり、働き始めると尚更会う機会が少なくなった。前回会ったのはもう五年前で、姉の結婚式の時だった。二年前に私が結婚した時は実際には会わず、電話で報告しただけだった。東京に出てきた私とは違い、姉はずっと地元の山梨で暮らしていて、実家とは車で二十分の距離のところに住んでいる。今も地元の小さな生活用品の製造会社で働いているらしい。

「嬉しいー！　元気よ」

姉は半音高くなった声色で言った。「あのね、再来週ちょっと東京に出る用事があるんだ。少しお茶でもしない？」

「え？　なんで急に？」

「いいじゃーん。久しぶりに会って話そうよー」

「昼間は会社だから」

「土日は休みでしょー？」

「休日でも色々忙しいの」

「例えば？」

「……」

プライベートの時間を犠牲にしてまで会いたいとはとても思えないが、うまく断る理由も見つからず、結局姉に押し切られた形で二週間後の土曜日に会う約束をした。

電話を切ってリビングに出ると、佳織はテレビを地上波に切り替えてから食卓につき、私に向かって手招きをした。

「電話？　誰から？」と佳織が訊いた。

「うちの姉さん。東京に来る用事があるから会わないかって」

あまりこの話をしたくないから、私は話題を変えた。「それより、ご飯ご飯」

食卓につくと、改めて佳織のやる気を感じた。牛肉煮込みスープ以外にも酢豚や空芯菜炒めなど、彼女が得意とする中華風家庭料理が何品もテーブルに並んでいる。

「すごい。張り切ってるね」

と私が感心すると、

「愛する妻のためよ」と佳織は顔を綻ばせながら、臆面もなくそう言った。

「やめてよ、そういうの」

頬が熱くなるのを感じながら私は言った。感情表現が直接的なところは彼女の魅力の一つに違いないが、逆に聞いているこちらが恥ずかしくなる時もある。「いただきます」

佳織の手料理はどれも美味しかった。牛肉スープはとても濃厚な香りが立ち上っているが、飲んでみると意外とすっきりしていて飽きにくく、牛肉も油っぽくなくて、弾力があり、嚙む度に肉汁が溢《あふ》れ出る。酢豚と空芯菜炒めの中華風の味付けも、とてもご飯が進む。一日の仕事で身体がくたびれていたし、お腹も空いていたから、あっという間にご飯を平らげてしまった。

「どう？」

気付くと、佳織は頬杖をついてにやにやしながら、私が食べているのをじっと見つめている。顔が紅潮したのを感じる。

「じっと見ないでよ」と私は抗議した。「佳織は食べないの？」

「自分が食べなくても、彩華が食べているのを見ると、なんというか、幸せだなあって」

ふふう、と佳織は声を出して笑った。そして料理について解説し始めた。「どんどん食べて。牛肉には蛋白質と鉄がたくさん含まれているし、葉物野菜を食べると葉酸の補充ができる。どれも妊婦にとって大事な栄養素だって先生が言ってたでしょ？」

「大袈裟《おおげさ》だよ、まだ一か月だし」

「でもつわりの症状はもう出てきてるんでしょ？」

「うん、薬を飲んで抑えてるからあまり気にならないけど」

「辛い時は言ってね。食べたいものがあれば、何でも注文して」

「じゃ、マグロの刺身で」

「え？　今から？」

私の不意打ちで愕然《がくぜん》とした佳織の表情を見て、私はぷっと吹き出した。

「冗談、冗談。今日の献立で、もう十分満足。佳織もちゃんと食べな」

と私が言うと、佳織はほっとした様子で、

「びっくりした、もうどこから出前取ろうかなって頭の中で考えを巡らせてたよ」

と言った。そして牛肉スープをお椀に装《よそ》って、一口啜《すす》った。「ああ、最高。やっぱあたしの腕、すごいな」

「それ、自分で言う？」

と私がツッコミを入れると、佳織はふざけてあかんべえの仕草をした。

「そう思わないの？」

「思う」

一瞬の間があり、私たちは同時に笑い出した。さっき姉からの電話で溜まったイラつきが笑い声とともに消し飛んだ。

「はい！　ご飯、お代わり」

子供みたいに甘えた声音で言いながら空っぽになったお茶碗を差し出すと、

「はい、はい。妊婦さんが一番偉い」

と、佳織はそれを受け取って席を立ち、炊飯器のところへ歩いていった。

「今度佳織が妊娠する時ちゃんと恩返しするから」

ご飯を入れてくれている佳織の背中を見ていると、胸の中が愛おしさでいっぱいになった。

その時、テレビからニュース速報が流れた。渋谷区のアパートの一室で、男女十人がテロ等準備罪容疑で現行犯逮捕されていた。ニュースによれば、容疑者たちは「天愛《てんあい》会《かい》」の会員とのこと。「天愛会」は「天の本心を愛し、自然の摂理に帰すべし」という趣旨を掲げ、「合意出生制度」に反対し、「自然出生主義」を唱える新興宗教団体で、近頃、その活動は過激化の傾向があるので、警察からも目をつけられている。会の拠点の一つであるアパートに警察が踏み込んだ時、容疑者たちは〈出生意思確認《コンファーム》〉を行う病院へのテロ攻撃を計画している最中だった。アパートからは爆弾や銃を作る原材料が大量押収され、警察は今後、その入手経路について捜査を進めていくという。

「なんか、物騒なニュースだね」

ご飯を盛ったお茶碗を手に戻ってきた佳織はテレビの方へ目をやりながら、呟くように言った。

「早く全員逮捕されるといいね」

私はお茶碗を受け取り、頷《うなず》いて返事した。テロというと遠い世界のことのように聞こえるが、よく考えると、彼らが狙っていた病院に自分が健診などでたまたま居合わせる可能性が大いにある。そう思うと他人事ではなく、何だか空恐ろしくなる。

「しかし、無差別出生主義の人たちってほんと最低だよね」

顔を上げると、佳織は先刻とは打って変わった険しい表情になり、斜め前の虚空の一点を睨《にら》みつけながら呟いた。「子供の気持ちを考えもしないで、自分たちの都合ばかり押し付ける身勝手な連中。ほんと許せない」

なんて言葉をかければいいか分からず、私は黙り込んだ。

佳織がそんな反応をする理由を、私は知っている。彼女の父親がそんな「身勝手な連中」の一人だったからだ。

タブーとは言わないまでも、佳織の前ではなるべく避けるように気を付けている話題がある。彼女の父親についてだ。

私は会ったことがないが、佳織の父親はとても時代遅れの考えの持ち主らしく、同性婚が法制化されても頑として同性愛者の存在を受け入れようとせず、「そんなのは自然に反する性癖だ」と言い張った。高校の時、同性愛者であることを佳織がカミングアウトすると父親は激怒し、「お前をそんなふうに育てた覚えはない」「生まなきゃよかった」などと怒鳴った。

私より一つ年上の佳織は当然、意思を確認されずに生まれてきた。佳織には「生まれない」という選択肢が与えられていなかった。産むか産まないかの選択肢を握っていたのは親の方だった。佳織からすれば、自ら選んで産んだ子供なのに、その子供のありのままの姿を受け入れられないというのは親側の自分勝手以外の何物でもないのだ。そのため、佳織は自分の出生、そして自分を否定した父親を深く憎んだ。受け入れられなければ産むべきではない、産むならどんな子供でも受け入れる覚悟を持たなければならない、というのが佳織の考えだ。

母親が味方をしてくれたのが佳織にとって幸いだった。母親が受け入れてくれたおかげで、佳織はこれまで生きてこられたといっても過言ではない。その後、佳織の性的指向を巡って父親と母親はしばしば喧嘩になり、やがて佳織が大学生だった時に離婚した。私が佳織と知り合った時、彼女はまだ父親の日本式の姓を名乗っていたが、両親が離婚した後に家庭裁判所に申し立てて、母親の名字に変更したのだ。以来、佳織は父親とは連絡を取っていないという。

「あれは親失格の男よ」

初めて私に家の事情を打ち明けた時、彼女はそう言った。「選べるもんなら、そんな男の子供として生まれたくなかった。でも、あたしは自分の意思と関係なしに生まれてきちゃったの。自分で選んで生まれてきた彩華が、ほんと羨ましい」

だから佳織は、子供の意思を無視して出産する出生強制が許せないのだ。まだ法律ができていなかったから犯罪ではなかっただけで、彼女はいわば出生強制の被害者なのだから。そして、「自然出生」という聞こえの良い言葉を掲げ、親側の都合だけで産めるようにしようとする無差別出生主義者の人たちは、佳織からすれば、尚更質《たち》が悪い。

「佳織、心配しないで」

翳《かげ》った表情を浮かべて黙々とご飯を掻き込む佳織を見つめながら、私は彼女を元気づけようと、なるべく明るく、力強い声で言った。「私たちは良い時代に生きている。つわりを抑える薬もあるし、同性同士で結婚できて子供も産める。出産も痛くないし、子供の意思も確認できる。私たちの子供の意思は絶対大切にするから、二人できちんと愛を注いで育ててあげよう。佳織みたいに辛い思いをしなくて済むように」

私の言葉を聞いて、佳織はやっと破顔し、私と見つめ合いながら強く頷いた。

「うん、約束だよ。子供の意思は、絶対尊重しようね」

＊

河野部長が辞表を出したのは、それから一週間後のことだった。

退職の挨拶の時、新しいキャリアを考えたいから退職という決定に至ったと彼は言っていたが、そんなのは建前に過ぎないと誰もが思っている。それまで仕事に脂が乗っていた五十手前の人間が三週間消えてから急に新しいキャリア云々と言い出すというのはあまりにも不自然なことだし、何より、出生強制の噂は既に全社に行き渡っていた。

河野の退職の挨拶の後、私と凛々花は休憩室でちょっと立ち話をした。彼女が仕入れた情報によると、河野はやはり子供から出生強制罪で訴えられたらしい。彼の子供は高校に通っている十六歳で、つい最近初恋に破れ、失意のどん底に陥った。そんな時、実は自分が出生に同意していなかったことを知り、自分の意思を無視した両親を恨むようになり、提訴に至ったという。

「失恋で？」

私は思わず大声を出した。

「しっ！　声がデカい！」

凜々花は慌てて私の口を塞いだ。

「ごめん」

と私は言ったが、口を塞がれたままなので「おえん」の声しか出なかった。

「まあいい、どうせみんなほとんど知ってることだし。情報源と見なされるのは嫌だけどね」

凜々花は手を離し、肩をすくめながらそう言った。

私がびっくりしたのには訳があった。合意出生が当たり前になっている現代においても、幼児期健忘のせいでほとんどの子供は胎児期の記憶を持っていない。そのため、自分が出生強制の被害者であることに気付くのには、往々にして何かしらのきっかけが必要になる。そして多くの場合、それは重い障碍や病気、あるいは貧困といった深刻な問題である。

このような問題に直面し、大きな生きづらさを抱えた時、自分は本当に自ら選んで生まれてきたのだろうか、と子供は疑問を持ち始め、「合意出生公正証書」を確認したくなる。「合意出生公正証書」というのは、胎児の段階で出生の合意が取れたことを証明する書類で、言うなれば出生の契約書みたいなものだ。親は子供が成人するまでこれを保管する義務を負っており、子供が確認したい時に速やかに提示しなければならない。子供が確認を求めたとき親が書類を提示できないと、出生強制の容疑が発覚するわけだ。

一般的に出生強制が発覚するのは、子供が出生の合意、つまりは生の根源を疑い、「合意出生公正証書」を確認したくなるような、大きな生きづらさに直面した時が多い。もちろん、そうでない場合もある。学校で合意出生制度について教わったから、気紛れで公正証書を確認したくなり、それが発覚に繋がるようなケースもある。ただ、出生したという事実を否定したくなるような生きづらさがなければ、親を出生強制で訴えることはあまり考えられない。提訴とはつまり、自分は生まれたくなかったし、今でも生きていたくないという意思の表明にほかならないからだ。失恋みたいな小さな挫折が提訴に繋がるのは、とても珍しい。

「よほど辛い失恋でしょうね。河野部長もお気の毒で」と、凜々花は言った。「あと四年経てば時効なのにね」

出生強制罪の時効期間は子供が成人するまでの間で、一旦成人すると、たとえ出生強制の事実があったとしても、子供側はこの生を受け入れたと見なされ、親を訴えることができなくなる。とはいえ、十代というのは人生で最も不安定で、自らの生に最も疑問を持ちやすい時期だから、出生強制が発覚しやすい。大抵の出生強制は、子供が十二歳から十八歳までの間に発覚する。ちなみに、日本では成人式の時に、親が子供に「合意出生公正証書」を手渡す文化がある。私も成人式の時に親から「合意出生公正証書」を手渡され、今でも大事に保管している。

「でも、そもそも出生強制をしたのが悪いんじゃないの？」と私は言った。加害者を「気の毒」という凜々花の言い方には、違和感があった。

「それがね、河野部長はそもそも知らなかったらしいよ」

「え？」

訊けば、河野は妻に騙《だま》されて出生強制の加害者になったのだそうだ。妻が妊娠九か月になり、病院で〈出生意思確認《コンファーム》〉を行った時、河野は仕事が忙しくて同伴できなかった。そして〈コンファーム〉の結果、胎児は出生を〈拒否《リジェクト》〉していた。ところが、我が子の出生を待ち望んでいた妻は結果を受け入れられず、その確認結果を破棄し、夫には〈同意《アグリー》〉が取れたと嘘を吐いた。そうして子供が生まれ、十六年後にようやく出生強制の事実が露見したというわけだ。

「そりゃ、騙す方も悪いけど、簡単に騙された方もどうかと思うよ」と私は言った。「公正証書がない時点で即バレるのに」

「〈リジェクト〉の確率が低かったから、そもそも公正証書を確認しようなんて発想がなかったのかもね。油断したね」言いながら、凜々花は肩をすくめた。

「確かに、男って出産は女のことだから自分は関係ないって思う傾向、あるよね」

「うわっ、河野さん、思ってそう」

この場合、法律上、夫婦二人とも出生強制罪の被告になる。今回は夫の方が事情を知らなかったということも考慮され、和解が勧められ、子供の安楽死費用を負担すれば刑罰は免れられるということになった。しかし当然、会社には居続けられるはずもなく、上からも肩叩きを受けたそうだ。懲戒解雇にならなかったのは、会社からのせめてもの恩情なのだという。

話を聞いていると、確かに河野のことが少し不憫に思えてきた。油断があったとはいえ、何も知らずに犯罪者になってしまったのだから。それにしても、河野の妻の気持ちがよく分からない。自分だけではなく夫まで犯罪者にしてしまって。一体何故そこまでして、子供に出生を強制したかったのだろう。

「運が悪いのよね。過失が全くないわけではないけど」

そう言って、凜々花は小さく溜息を吐いた。そしてまたニッと笑った。「私たちも気をつけようね。さあ、仕事仕事」

言い終わると、凜々花は身を翻《ひるがえ》し、颯爽《さっそう》と休憩室を出ていき、職場に戻った。残された私は何かが心に引っかかっているような、胸が塞ぐような心地悪さを覚えた。なんとなく新鮮な空気が欲しくて窓を開けると、真夏の陽射しが目に当たり、その眩《まぶ》しさに私は思わず顔を背け、目を閉じた。

2

土曜の午後の新宿は行き交う人々の喧騒に満ち溢れ、いつも賑《にぎ》わっている。

晴れ渡る空には雲がほとんどなく、真っ白な太陽が光を遍《あまね》く振り撒《ま》いていた。それに照らされながら、自動運転のエアタクシーや配達ドローンが空を飛び交い、地上でも自動運転の自家用車とタクシーが忙《せわ》しなく走り回っている。アルタの大型ビジョンはホログラム映像で流行りのアイドルグループのミュージックビデオを映し出し、合間に「NO MOREテロ！　テロ対策特別警戒実施中」の政府広報ＣＭが流れる。軽く三十八度は超える猛暑日なので、道行く人々はみな首掛け式のエアコンをぶら下げているか、身体の周りの気温を設定温度に調節してくれる空調ウェアを着ている。通行人以外にも掃除ロボットがあちこち動き回り、誰かがポイ捨てをするとすぐに駆けつけてゴミを拾う。

路傍のスピーカーからは、「新宿区では客引きロボットの使用は条例により禁止されています。ついていかないでください」の注意喚起の音声が、いかつい男の声で再生されている。

空調ウェアみたいなものは温暖化を加速させる恐れがあると報道で見たことがあるので、私はなるべく使わないようにしている。これ以上温暖化が進むと生存難易度指数はまた上がるからだ。それにしても外の暑さはとても耐えられず、私は姉に〈アルタの中で待ってるね〉とメッセージを送り、室内に入ることにした。

暫く待つと、「彩華ちゃん?」と背後から声をかけられ、振り返ると、五年ぶりの姉が目の前に立っている。ただ、山梨の田舎町を出たことがない記憶の中の地味な姉とは違い、目の前にいる姉は都会風のガーリーなファッションを身に纏《まと》っていて、メイクもばっちりしている。

「姉さん、久しぶり」

私は一応挨拶した。「どうしたの、そのメイク?」

「このあと予定があるの」姉は電話の中と変わらない甘くて粘っこい声で言った。

「……男? 浮気じゃないよね」

私と違って姉は異性愛者で、五年前に男と結婚した。

「違うよぉ。なんでメイクをしていると男がいるって決めつけるの？」

と姉は抗議した。確かに彼女の方が正論なので、私は黙っておくことにした。

「どこ行く？　目当ての店とか、あるの？」

待ち合わせ場所を新宿に指定したのは姉だった。

姉は顔を綻ばせ、芝居がかった動きで大きく頷いた。

「うん、一緒に行きたい店があるの」

「暑いから、タクシーで行こうか？」

と私が提案すると、姉は、

「すぐそこだから」

と言い残して、陽射しの下へ出ていった。仕方なく、私もついていくことにした。

何度も来ていないはずなのに姉はいかにも新宿慣れしているふうで、人混みの中でも上手《うま》くその流れに順応してすいすいと前へ歩いた。路地に入っても地図を調べたりせず、東京に住んでいる私でさえ迷子になりかねない曲がりくねった路地を寸分の迷いもなくひたすら歩き続けた。「すぐそこ」という割には距離があって、日傘を差していても汗が肌から滲み出て、服を濡らしていった。

そろそろ我慢できなくなりそうな時に、「ここよ」と姉は指で示してから、地下へ通じる階段へ下りていった。階段の横を見ると、壁には小さな木のプレートがかかっていて、「カフェマグノリア」と店名が書いてあった。

階段を下りると地上の暑さが鳴りを潜め、涼しい空気に包まれた。目の前に現れたのは古めかしいカフェで、剝《む》き出しの赤煉瓦の壁にしっかりと重みが感じられる木のテーブルと椅子、低めの天井からはカンテラ形のランプがいくつかぶら下がっており、琥珀《こはく》色の明かりを発している。夜はバー営業しているのか、カウンターもあり、バックバーには様々なボトルとグラスが置いてあって、明かりに照らされて鈍く光っていた。

「いらっしゃいませ」

今どき珍しいロボットではない生身の人間の店員が出迎えると、

「二人です」

と、姉はピースサインをしながら言った。

壁際の席に腰を下ろし、ホットコーヒーを注文してから、私は改めて辺りを見回した。これもまた今どき珍しいことなのだが、店内にはエレベーターもスロープもなく、入店するためには階段を下りるしかない。このようなバリアフリー設計ではない店は新築の建物であれば建築法規違反になるが、その点からもこの店の古さが窺《うかが》える。壁には可憐な白い花の写真が何枚も飾ってあって、恐らくそれがマグノリアだろう。土曜の午後なのに薄暗い店内には他に客がいなくて、どこか閑散としている。

「姉さんにこんなレトロ趣味があるなんて知らなかった」

姉が連れてきてくれたのでなければ、こんな店とは一生縁がなかったと思う。

「一部では有名な店だよ」

「その『一部』に姉さんが入っているのがびっくりだって言ってんの」

注文したコーヒーが運ばれてきた。一口啜ってみると、意外と美味しかった。コーヒーについて特段詳しいわけではないが、チェーンのコーヒーショップの、あの均一的な味とは明らかに違って、複雑な深みがあった。

「美味しい？」

と姉が訊くので、私は素直に頷いた。

「姉さん、どうやってこの店を知ったの？」

「友達が教えてくれたの」

と、姉は昔と同じ呑気な表情と声音で答えた。雑誌やネットならまだしも、友達が紹介してくれたのだという。こんなディープな店に好んで通うような友人が姉にいることもまた意外だった。どんなところで知り合ったのだろう。疑問が次々と湧いてくる。そもそも今日はどんな用事で東京に来たのか。会う人がいると姉は言ったが、どんな人なのか。

「で、なんで急に私を呼び出したの？」

そろそろ本題に入ってもいい頃合いだろうと思い、私はそう訊いた。

「ひどーい！　久しぶりに妹に会いたかっただけなのに、まるで何か悪だくみをしているような言い方をされて、お姉ちゃん悲しいよう」

「五年間も会っていないのにいきなり会いたがったんだから、何もないと言う方が不自然でしょ？」

姉の大袈裟で粘っこい話し方に何となく苛立《いらだ》ち、私は語調を強めた。「お義兄《にい》さんは一緒じゃないの？」

お義兄さん、と自分で言ったにもかかわらずおかしな感じがした。私たち姉妹はここ五年間ほとんど没交渉だったから、姉の夫は確かに法的には義理の兄に当たるとはいえ、実際には赤の他人に等しい。会ったのも姉の結婚式での、たったの一回だけだった。そんな人間が私にとってオニイサンと呼ぶべき関係にあること自体、とても不思議なのだ。姉に至っては、私の妻である佳織とは一度も会ったことがない。

しかし、姉の反応の方が私を仰天させた。彼女は小さく首を傾げ、私が何を言っているのか分からないというふうに、

「オニイサン？」

と訊き返した。

「姉さんの旦那さんのことだよ、旦那さん」

と私が呆れながら言うと、姉は、

「あぁー」と、そう言えばそんな人もいたなと言わんばかりの口調だった。そして、

「もう離婚したよ」

と、これもまた意表を突く言葉をさらりと口にした。

「えっ？　離婚したの？　いつ？」

私がびっくりして訊くと、

「何年も前にだよー。知らなかった？」と姉は涼しい顔で言った。そんな表情で言われ

ると、知らなかったこちらが悪いと言われているような気がして、何となく腹が立ってくる。

「姉さん、教えてくれなかったじゃん」

と私が抗議すると、

「彩華、知りたかったの？」

姉は私の目をまっすぐ見つめながら訊いた。姉はぱっちりとした目の持ち主で、私は昔からその目が苦手だった。別に鋭い目付きをしているわけではないけど、あまりにも澄み渡っているその瞳と見つめ合っていると、何だか自分が普段人前では隠している醜い部分、完璧じゃない部分がより一層際立つように感じられて、嫌になってしまう。そんな感覚が耐えられず、私は目を逸らした。

「そんな大事なこと、言ってくれてもいいのに」

知りたいかどうかというと正直どうでもいいのだが、そうとは言えず、私は俯《うつむ》き気味に呟いた。姉は少しも頓着しない様子で、「大事なのかなぁ」と首をひねっただけだった。

私は溜息を吐いた。やっぱり姉は苦手だと再確認した。いちいち噛み合わないし、話しているとついついペースを乱され、調子が狂ってしまう。

「彩華も、大事なこと言ってくれてないんじゃない？」

ふと姉がそう言ったのでどきりとした。顔を上げると、彼女はテーブル越しに私のお腹を見つめている。「何か月？」

言われてみれば、妊娠のことは姉には言わなかった。隠そうと思って黙っていたわけではないが、わざわざ連絡して知らせるようなことだとは思っていなかった。妊娠手術を受けたことを母には一応報告したので、姉は母から聞いたのだろう。

「今は二か月」

何だか恥ずかしくなり、反射的に手でお腹を押さえた。姉は目を逸らさなかった。

「彩華の相手は女性だよね？　妊娠手術をしたの？」

「した」

妊娠手術の場合、妊娠週数の数え方は手術日を起算日とした手術後胎齢なので、一般的な月経後胎齢より二週間ほど短く、標準妊娠期間は三十八週間ということになる。

私が頷くと、姉は私のお腹を見つめたまま、何か考え込むように黙った。ややあって、いかにも感慨深げな笑みを浮かべながら、

「そうかぁ。彩華にも子供、生まれるんだね」

と言った。

「姉さんも――」

そう言いかけて、私は咄嗟《とっさ》に言葉を呑み込んだ。姉さんも早く産めばいいのに、と言おうとしたが、もう離婚したことを思い出したのだ。

姉は私の失言を気にする様子がなく、

「やっぱり〈コンファーム〉はするよね？」と訊いた。

「もちろんよ」私は即答した。

「東京だと、〈コンファーム〉ができる病院がたくさんあるよね。もう場所は決まってるの？」

「決まってない。姉さん気が早いな。まだ二か月だよ」

出生意思確認《コンファーム》は技術的なハードルが高く、また公正証書の偽造を防ぐためという目的もあって、政府が認可した総合病院や大学病院でしか行われない。東京都でもそれができる病院は十数か所で、地方によっては一か所か二か所しかないところもある。妊娠八か月の段階で普段健診で通っている産婦人科の先生から紹介状をもらうのが一般的である。

「それもそうかぁ。お姉ちゃんったら、気が急《せ》いちゃった」

姉は笑いながら、恥ずかしげに自分の頭を掻いた。「男の子か女の子かも、もちろん分かんないよね」

「姉さん何言ってんの？　女同士の間で生まれる子供なんだから、女の子に決まってるでしょ？」

女性カップルはX染色体しかないので、必然的に女の子が生まれる。女性カップルが男の子を欲しいと思う場合、男性に精子提供を依頼したり、精子バンクで購入したりする手段もあるが、そこまでして男の子を欲しがる女性カップルは、私の知っている限りあまりいない。

「ああ、そうかそうか。生物の授業で習ったよねぇ」

頭を掻きながら、姉は呑気な笑みを浮かべてそう言った。全く、やっぱり姉さんって何も変わってないな、と私は心の中で独り言《ご》ちた。そんな姉を見ていると半ば呆れながら、しかしどこか安心している自分がいた。

それからもそんな他愛もない雑談が続いた。姉と別れた帰り道で、そう言えば気になっていたことを何一つ訊けなかったことにようやく気付いた。会話の流れはほとんど姉が主導していたから、東京での用事も、離婚の原因も訊くタイミングが摑《つか》めず、結局分からずじまいだった。しかし別れた後にわざわざ電話をかけて訊くのも気が引けるし、元々私とは関係のないことなので、考えないことにした。

＊

「うむ、健康状態は良好ね」

妊婦定期健診の報告を読みながら、先生は微笑みを浮かべて何度かゆっくり頷いた。

「食べ物には結構気を付けているみたいね」

「はい、ばっちりです」

健診に付き添ってくれた佳織が元気一杯に答えると、

「立花さんは本当に良い妻を持ったね」

と、先生は笑って私をからかった。何だか恥ずかしくなり、私は目を逸らし、佳織の腕を軽く叩いた。

妊娠してからというもの、佳織は私の専属栄養士にでもなったつもりなのか、書籍やインターネットで様々な情報を調べ、妊娠週数に応じて毎日料理を作ってくれる。朝食と夕食はもちろん、お昼も弁当を用意してくれた。最初のうちは凜々花に愛妻弁当とかなんとかからかわれて恥ずかしかったが、今やすっかり慣れている。料理をする時間がなく外食したり出前を取ったりする時も、栄養には十分配慮してくれた。そんなに張り切らなくても、とおかしく思う時もあるが、佳織がいてくれて本当に助かった。

医療技術の進歩により、現代では流産や死産はほとんどあり得なくなったが、それでも妊娠は母体にとって負担がかかることに変わりはなく、妊婦は定期健診を受けることが推奨されている。妊娠してから月一回の健診も、今日で三回目になる。

「このまま頑張れば、きっとお二人のような健康な女の子が生まれるよ」

そう言ってから、先生は健診報告書を渡してくれた。報告書には身長、体重、血圧、ホルモン濃度、血糖値など様々な数値が記されていて、先生が言った通り、異常な数字は一つもなかった。

続いて、先生はフォルダの中からホッチキス止めされている紙束を取り出した。紙には黒い文字がびっしり印字されている。やっと来た。その紙束を見ると、手から汗が滲み出るのを感じた。先生はざっくり目を通した後、それも渡してくれた。

「で、こちらは生存難易度計測報告書。立花さんは今回が初めての測定だよね。見方分かる？」

報告書を受け取り、私は目を閉じて一度深呼吸してから、紙に視線を落とす。隣の佳織も首をこちらへ伸ばしてきて報告書を覗《のぞ》き込む。彼女の腕から、小さな震えが伝わってくる。

＊＊＊胎児生存難易度計測報告書＊＊＊

受付番号：＊＊＊＊
カルテ番号：＊＊＊＊
妊婦氏名：立花彩華
生年月日：２０４７年10月８日
（以下略）

性別・年齢：女性28歳
計測日：２０７５年10月21日
計測回数：１回目
妊娠週数（妊娠手術後）：14週

【胎児基本情報】
国籍（予定）：日本国
出生地（予定）：東京都＊＊市
（以下略）

【胎児遺伝子情報解析】

性染色体による性別：女
性的自己認識：８（男１〜女10）
性別違和傾向：検出されず
性的指向：３（異性１〜同性10）
先天性疾患や障碍：検出されず
知能指数：１１０（基準値：70以上）
容姿的評価：１２０（基準値：70以上）
（以下略）

【親権予定者A評価：総合】
経済状況：２１３（基準値：１００以上）
社会的地位：２７６（基準値：１００以上）
知能指数：１１５（基準値：70以上）
精神的安定性：１２５（基準値：70〜２２５）
持病：特になし

障碍：特になし
（以下略）

【親権予定者A評価：生活習慣】
飲酒頻度：3（最小値0〜最大値10）
アルコール依存度：1（最小値0〜最大値10）
喫煙頻度：0（最小値0〜最大値10）
その他依存症：特になし
（以下略）

【親権予定者A評価：価値観】
現実性：75（最小値1〜最大値100）
論理性：60（最小値1〜最大値100）
芸術性：45（最小値1〜最大値100）
柔軟性：70（最小値1〜最大値100）

支配性：40（最小値1〜最大値100）
（中略）
宗教的偏向：135（基準値：100〜200）
政治的偏向：245（基準値：200〜300）
（以下略）

【親権予定者B評価：総合】
（省略）

【外部環境の評価結果】
生存難易度指数（日本）：45・5（最小値10〜最大値100）
生存難易度指数（世界）：57・9（最小値10〜最大値100）

【総合評価結果】
胎児と親権予定者Aとの相性：77（最小値10〜最大値100）

胎児と親権予定者Bとの相性：83（最小値10〜最大値１００）

胎児の生存難易度：３（最小値１〜最大値10）

胎児の出生同意（アグリー）確率（日本国における統計に基づく）：97・８％

十数ページにもわたる長い計測結果リストを読み飛ばしながら最後の数字を確認して、私はようやく緊張が解け、ほっと一息ついた。隣の佳織もまた安堵《あんど》の溜息を漏らした。

生存難易度というのは、生まれてくる子供が送る人生の生きづらさを評価する数値である。これは胎児の性別、性的指向、国籍、出生地、先天性疾患の有無や、その種類と度合い、知能指数や才能、親の経済状況や社会的地位、親との相性など様々なパラメーターを複雑に掛け合わせて算出される。例えば先天性疾患はないよりある方が、親の社会的地位は高いより低い方が、子供は生きづらいとされる。これらのパラメーターを測定するためには胎児の遺伝子情報を解析する必要があり、現在の技術では妊娠十三週未満の胎児に対して測定することは不可能なので、今日が私の初測定なのだ。

もちろん、各パラメーターが生きづらさに与える影響の度合いは時代によって違う。数十年前は日本でも男より女の方が、異性愛者より同性愛者の方が遥かに生きづらいとされていたが、差別解消法や平等推進法などの法整備が進み、社会的な意識改革も行われたおかげで、性別や性的指向は昔ほど生きづらさに影響しなくなった。しかし世界では女性や同性愛者が差別的な扱いを受けたり、命が脅かされるような地域や文化がまだまだある。だから性別と性的指向は依然として生存難易度を評価する大事なパラメーターであり、僅かながらも生きづらさの要因として加味されている。同じように、先天性疾患や障碍を持つ人への社会的差別は日本では概ね解消されているが、それでも疾患や障碍で人生の選択肢が狭められることがあるのは否定できず、その種類と度合いによっては生きづらさが大きく変動するらしい。社会の変化や世界の情勢を反映させるため、厚生労働省は三年ごとに世相調査を行い、その調査結果を踏まえて生存難易度の計算式を調整している。

「初回の検査はまだ誤差が大きいけど、胎児が育つにつれて精度もだんだん上がっていくよ。お二人はとてもいい親になれそうだから、きっと子供も安心して生まれてきてくれると思う」

先生は優しい微笑みを湛《たた》えながら私たちを交互に見つめ、また何度かゆっくり頷いた。私は佳織と顔を見合わせ、お互いニッと笑った。

生存難易度の計算にあたって、親との相性は大事なパラメーターとなる。それもそのはず、佳織みたいに同性愛者の子供が同性愛嫌悪の親の下に生まれると互いにとって不幸なのだ。このような場合、胎児と親との相性は悪いとされ、生存難易度はぐっと上がり、それに応じて出生同意確率も下がる。胎児の生存難易度を下げたいと考えるのなら、親は自らの価値観を見直さなければならない。

親との相性を正しく測定するために、胎児だけでなく、親もテストを受けなければならない。テストでは、親の生活習慣、価値観、政治観、宗教観など様々な因子を調査し、それを数値化している。親側の価値観などに明らかな偏向が見られた場合、胎児の生存難易度も上がる可能性が高い。

また、国内や世界の「生存難易度指数」も生存難易度の算出に加味される。これは治安、社会的繁栄度、地政学的リスク、戦乱、大量破壊兵器の保有数、気候、環境など、様々な要因を考慮して、国内や世界の生きづらさを示した指数である。日本の指数は厚労省が、世界の平均指数は専門の国際機関が毎年発表している。近年では地球温暖化や異常気象、環境破壊などで、世界の生存難易度指数が年々上がっており、国際機関が上方修正を発表する度に大きなニュースになる。幸い、「誰もが生きやすい社会」を目指す政府の努力により、世界平均と比べた場合、日本はまだまだ住みやすい国と言える。海面上昇により近々水没する見込みの国では、生存難易度指数は一〇〇に迫り、ほとんどの胎児が出生に同意《アグリー》しないと聞く。世界の生存難易度指数が八十を超えた日が、人類滅亡の始まりだと専門家は分析している。

「今の日本全体の出生同意確率は、どうなっているんですか？」

私は思いついた疑問を先生に訊いた。

胎児の生存難易度は、最終的には一から十の十段階で評価され、「一」は「とても生きやすい」で、「十」は「とても生きづらい」である。胎児が九か月になったら、その数値を特別な装置で胎児に伝え、〈コンファーム〉を行う。「あなたは生きづらさが『三』の人生を生きることになるでしょう。生まれますか？」というふうに、その数字が、生まれるか、生まれないかを決める、唯一の判断基準になるのだ。数字一つでそんなことを決めさせるのは過酷ではないかとの批判もあるが、この世界に関する知識をまだ何も持っていない胎児にそれ以上の情報を伝えるのは難しいとされている。

もちろん、こうして算出された生存難易度には自ずと限界があり、不慮の事故や疾病、あるいは自然災害など、予測できない未来の事柄による影響は考慮されていない。それでも人類全体で見た時、その影響は誤差程度のものに過ぎない。現代社会における人間の生きづらさを決定する要因の大半は、遺伝子コードと社会との相互作用や、経済状況、社会的地位など、測定可能なパラメーターによって構成されているということは、多くの社会学、経済学、人類学、そして生物学の研究によって証明済みだ。

「そうね」

先生はキーボードをかたかたと叩き、何かの集計表をパソコン画面に呼び出した。

「日本の統計では、生存難易度が五の場合、出生同意確率は九十五％になる。つまり百人の胎児のうち、九十五人が生まれることを選ぶの。生存難易度が七になっても、まだ同意確率は七十％だね。流石に九になったら、二十五％に下がるけど」

私は自分の「合意出生公正証書」に記載されていた数字を思い出した。先天的な疾患や障碍がなく、突出した知能も持っておらず、平均的な日本人の両親の間で生まれた私の生存難易度は四だった。それでも人生では色々な挫折をしたし、特段生きやすいと感じたことはない。生存難易度が五というと、私より生きづらい人生を送るということになる。それでも九十五％の胎児が生まれることを選ぶ。生存難易度が七でも、まだ七十％。たとえそんなに生きやすい人生でなくても、子供たちはこの世に生を受けたがる、そんな胎児の健気さを思うと、何だか鼻の奥がじんと熱くなるのを感じた。

「でも、生存難易度が一でも、〈リジェクト〉になる場合がありますよね？」

突然隣で佳織が質問した。

「それはそうよ、私たちと同じで、胎児だって一人一人違う性格、違う人格を持ってるからね。チャレンジ精神が旺盛で、難しい人生でも生きてみようと思う胎児。逆にどうしても生まれるのが怖くて、ひたすら拒み続ける胎児。特に理由もなく、時によって断ったり断らなかったりする気分屋さんだっているのよ。そういうのは産婦人科医としてとても困るけどね」

黙り込んだ佳織の不安を見抜いたのか、先生は穏やかな声音で慰めた。「心配しないで。生まれるのも生まれないのも胎児の意思なの。胎児を大事にしながらその成長を見守り、意思を尊重するのが親の仕事よ。そうすれば、きっと胎児も親の期待に応えてくれると思う」

「そうだよ佳織、心配しないで。きっと大丈夫」

佳織の手をぎゅっと握り、私は言った。この言葉は自分に言い聞かせるためのものでもあった。きっと大丈夫だ。九十七・八％の確率は、そんな簡単には外れないはずだ。

佳織もぎゅっと握り返してくれたのを感じた。彼女の柔らかい肌から、温もりと、芯を感じさせる強さが伝わってくる。それは報告書に記されている数字よりも私を安心させるものだった。

会計を済ませてから、佳織と手を繋いでクリニックを出た。とっくに秋分が過ぎているにもかかわらず気温はなお高く、外に出た瞬間、熱気が正面から襲ってきて全身を包み込む。

「あっつ。一体どうなってんの地球は」

額に手をかざして陰を作りながら、佳織が言った。「こんな大変な世の中、子供たちもよく生まれたいと思うよね。あたしならごめん、絶対ごめん」

「日本はまだマシだよ。国によっては砂漠化とか熱波とかで、ほとんど人が住めなくなってるって」

それもそうか、と佳織はにっこり笑った。そして、

「どうする？　タクシーで帰る？」と訊いた。

このクリニックは最寄り駅の駅前にあって、家まで徒歩二十分。歩けない距離ではな

いが、私を労《いたわ》ってくれているのか、炎天下を歩くと身体に負担がかかって胎児によくないとか何とか言って、佳織はいつもタクシーを拾ってくれる。普段なら彼女の言葉に甘えたいところだが、今日は生存難易度の測定結果を初めて目にした高揚感で、何だか散歩しながら寄り道したい気持ちだった。

「歩いて帰ろうよ。ちょっと商店街をぶらぶらしたいな」

えー、こんなに暑いのに？　と佳織はぶつぶつ文句を言いながらも聞いてくれた。日傘を取り出して開くと、佳織も入ってきた。

ふと、何やら騒がしい声が聞こえてきた。声がする方へ目を向けると、何かのデモ隊が商店街の角を曲がって駅前の大通りに出てきたところだった。

そのデモ隊は十数人で構成されていて、警察官や警備ロボットに先導され、何かのシュプレヒコールを叫びながら歩いている。近くなるとデモ参加者のほとんどが女性であることが分かり、先頭の三人が持っている横断幕には「子どもに自然な誕生の喜びを！偽りの合意出生制度を即刻撤廃！」と書いてある。他の参加者もそれぞれ「命に審査はいらない」「自然の摂理に従え」「子どもを産むのは罪じゃない」などのプラカードを掲げている。私たちのいる産婦人科クリニックの前を通る時、先頭を歩くリーダーらしき

人が何かを叫ぶと、参加者たちはクリニックに向かって親指を下に向けるポーズをしながら、

「最低」

「国家権力の走狗《そうく》」

「目を覚ませ」

「恥を知れ」

「命を奪うな」

などと罵声を浴びせた。

「そんなに自然がお好きなら、裸になってジャングルにでも戻れば？」

デモ隊が通り過ぎるのを眺めながら、佳織は冷笑して言った。「やれ自然だの命の尊厳だのと声高に叫ぶ人に限って、現代文明を離れると生きていけなかったり、自分の欲望を他人に押し付けたがったりする」

ニュースで見た自然出生主義を唱える新興宗教団体を思い出し、私も何だか気味悪くなってきた。「自分たちが犯罪者予備軍だってことに気付いてないのかな」

「いつの時代だって、自然とか伝統とか道徳とか、色んなことを口実にして気に入らな

いものを排除しようとする愚かな保守派っているのよ。昔は同性愛は伝統に合わないとか、堕胎は自然の摂理に反するとか、男女平等は反道徳の妄想だとか、そう言ってた馬鹿もいたよ」

小説を書いていることもあり、佳織は資料として古い雑誌や新聞、文芸作品をたくさん持っていて、昔のことにとても詳しい。彼女の言う通り、新しいものを取り入れようとする時にまず拒否反応を示すというのは、あるいは人間の天性なのかもしれない。合意出生制度の導入が検討された時も、様々な反対意見が出たらしい。生物の自然に反するというのが代表的なものだった。自然とは何なのか私にはよく分からないが、数千数万キロも離れたところにいる人と会話したり、肉眼では見えない微細な集積回路を数千億個組み込んだロボットを駆使したり、音速を超える速さで空を飛んだり、そういったことを日常的に行っている人類は、もはや自然というものは望めないような気がする。

それ以外にも、〈コンファーム〉の技術の正確性を疑う意見、「生存難易度」という数字以外の手がかりが一切なく、世界についても何も知らない胎児に出生の可否という重大な意思決定を強いることの倫理的な正当性や、その意思決定の有効性を疑問視する意見、逆に親側のリプロダクティブ・ヘルス／ライツが損なわれることを危惧する意見など、様々なもっともらしい意見が飛び交い、激しい論争が繰り広げられた。中には、これは優生思想に基づく国家による国民の選別だとか、生存難易度の計測の真の目的は国民の価値観や政治観を把握するためだとか、色々な陰謀論がまことしやかに囁かれていた。合意出生制度が導入されて三十年近く経った今でも反対派は一定数存在するが、政治を動かせるほどの力は持っていない。まあ、そういう考えもあるよね、で片付けられることが多い。

三十年以上も前に交わされた議論など、私は教科書や古い雑誌や新聞などでしか知ることができず、どんな意見が正しくてどんな意見が間違っているのか、正直なところよく分からない。ただ、合意出生制度の撤廃を主張する人たちを実際に目の当たりにすると、本能的な嫌悪感と恐怖感を覚えた。彼ら彼女たちは、親の一存だけで子供の出生を決めることを悪いことだと思っていない。脱出できないまま何十年も続き、病と老いの苦痛が必然的に伴う人生を、子供の意思を無視したまま、平気で押し付けようとしている。そんな倫理観の持ち主とは到底分かり合えると思えない。彼ら彼女たちが求めているのは殺人罪の撤廃と何ら変わらないと、私には思えた。

「早く帰ろう、タクシーで」

もはや商店街を回る気分ではなくなり、私はただ、一刻も早くその場から離れたかった。つわりとは違う吐き気が込み上げてきて、私は胸を抑え込み、ぐっと堪《こら》えた。

「そうね、帰ろう。早く帰って、ゆっくり休もう」

そう言って、佳織は手を上げ、ちょうど通りかかったタクシーを拾い、私の手を引いて一緒に乗り込んだ。

3

産休に入った凜々花から電話がかかってきたのは、十一月の夜のことだった。夕食の後、佳織が自分の部屋で仕事をしていて、私も部屋で疲れた足を按摩《あんま》ロボットでマッサージしている時、携帯が鳴り出した。

ちょっとお願いがあって、と言い淀む凜々花の声には普段のハキハキした調子がなく、少し翳りが感じられた。出産が近いから体調が優れないのかな、そう思いながら、

「どうしたの？」

と訊くと、凜々花は少しの間黙り込んだ。躊躇いがちな口調で用件を切り出したのは暫く経ってからのことだった。

「来週の水曜、いよいよ〈コンファーム〉を受けるんだけど」

「そろそろだね」

凜々花の予定日は十二月中旬だった。

「うちの人、急な出張でアメリカに行かなきゃなんなくなって」

私は黙って次の言葉を待った。凜々花の用件は大体見当がついた。

「〈コンファーム〉、どうしても一人で行くのが怖くて……」

「一緒に行ってほしいってこと?」

凜々花は何も言わなかったが、その沈黙が答えだった。私は密かに溜息を吐いた。

「〈コンファーム〉の日付、変えられないの?」

「彼は十一月いっぱいまで海外にいるから」凜々花は元気のない声で言った。

「あのね」

どうしても我慢できず、私は言いたいことを吐き出すことにした。「なんで〈コンファーム〉があるって分かってるのに海外出張なんか入れたの? 彼はこのことの重要さ、分かってんの? 定期健診じゃなくて、本番の〈コンファーム〉だよ? 子供が生まれるかどうかが決まる、大事なイベントだよ?」

「もちろん分かってるよ」

夫を悪く言われたのが気に障ったのか、凜々花は口調を強めて弁解した。「でも昇進がかかっている大事な仕事だから、どうしても外せないって。出産の時は絶対に付き添うから、〈コンファーム〉は一人で行ってほしいって」

もう一度、心の中で溜息を吐いた。これだから男は、と思った。偏見なのは重々承知だが、異性愛者の女は可哀想だなあと時々思う。生命を育むために女は文字通り身体を差し出し、身も心も注いでいるにもかかわらず、男にとって天秤の向こう側には常に何かが乗っかっている。身体に命を宿すというのはどういうことか、男たちは結局自分事として理解できないのだろう。

近頃、胎動を感じるようになった。ポコッ、ポコッと、ドアを軽くノックするように弱い振動が続いたかと思えば、時にはドクンと激しく蹴ってくる、そんな命のシグナルが、お腹の皮を一枚隔てた自分の身体の中から伝わってくる。そんな時、この身体は自分だけのものではなくなった、もう一つの命がこの身体に間借りして住まっているのだと実感する。一つの入れ物に、二つの魂が宿っているのだ。まだ小さくて、弱々しい魂が、私の身体の中で手足を曲げたり伸ばしたり、身体を回転させたり、時にはしゃっくりしたりする、そんな様子を思い浮かべると、溢れ出す愛おしさに心が溺れそうになった。男なんて所詮は傍観者。彼らには分からない。命を育む幸福感も、身体に来《きた》す不調も、普段は潮の満ち引きのように上下するホルモン濃度が、妊娠に伴って津波と化して襲ってくる、あの感覚も。河野部長といい、凜々花の夫といい、もし子供が生まれるまでの十か月の重みをきちんと分かっていれば、〈コンファーム〉という大事なイベントを欠席するはずがないのだ。

「分かった、行ってあげるよ」

不甲斐《ふがい》ない夫を持ってしまったとはいえ、やはり凜々花を一人で行かせるわけにはいかないので、私は同伴することにした。「時間と場所を教えて」

T大学附属病院は東京の主要な総合病院の一つで、政府認可の出生意思確認認定病院でもある。

明るく清潔感のある廊下を患者と看護師たちが忙しなく行き交い、どことなく騒がしい。時おり目当ての診療科が見つからず院内を彷徨《さまよ》っているらしい高齢患者や、入院着を着ていたり、点滴に繋がれたまま移動している入院患者が散見され、用途の分からないキャスター付きの医療ロボットもあちこち滑走している。

検査棟、出生意思確認検査室の外の待合スペースで、凜々花と私は検査の順番を待っている。普段は明るい凜々花は押し黙ったまま、指を絡ませて握り合っている自分の両手をただ俯き気味に見つめていた。

「きっと大丈夫、心配しないで」

少しでも不安を解消できたらと、私は彼女の肩を抱き、軽く摩ってあげた。

病院で合流した後、凜々花はまず産科の診療室で問診を受け、身長、体重や血圧など身体の状態を一通り調べてもらい、直近数回の「生存難易度計測報告書」の結果も再確認した。それから「出生意思確認検査予約票」を受け取り、検査棟へ向かった。その時までは凜々花はいつもの明るい笑顔で、ハキハキとした口調で喋っていた。ところがいざ検査室の待合スペースで腰を下ろすと、先刻の空元気がどこかへ消え失せ、凜々花は傍《はた》から見ても分かるくらい緊張していた。

「〈アグリー〉の確率が高いから、きっと大丈夫よ」

そう慰めながらも、凜々花の不安は私にもよく分かる。直近の健診結果によると、彼女の子供の生存難易度は「四」で、出生同意確率が「九十六％」だった。普通に考えればそう簡単に外れる数字ではないが、しかしそれでも百人の胎児のうち、四人が〈リジェクト〉になることを意味している。今の日本では毎年約六十万人の新生児が生まれているので、生存難易度を考えずに四％で単純計算すると、二万五千人は出生を拒否したということになる。自分のお腹の中にいる胎児がその二万五千人の一人ではないという保証はどこにもない。男にとって、九十六％というのは大きな確率を表す単なる数字に過ぎないが、母親にとって、それは自分の身体の中で九か月かけてようやく育ってきた胎児が、自分の下に生まれることを拒絶するかもしれないという、無視できない、れっきとした可能性なのだ。凜々花の夫が〈コンファーム〉をほっぽり出して海外出張を入れたのも、要はそういうことを理解していないからだろう。

実際、待合スペースに座っている妊婦たちは、みな一様に緊張した表情を浮かべている。みんな出生同意確率の裏に潜む負の可能性のことを考えているのだろう。番号が進んだことを示す「ピンポン」の音が鳴る度に、まだ自分の順番ではないと分かっていても、やはり検査室外のスクリーンで点滅する番号をハッと見上げる。

そんな張り詰めた空気とは無関係に、妊婦に付き添う配偶者と思われる男たちは、どことなく上の空のように感じられた。もし検査の結果が〈リジェクト〉だったら、彼らは自分の妻になんて言葉をかけるだろうかと想像してみた。今回は残念だったね、さぁ次も頑張ろう。そんなものかもしれない。

「何か飲み物買ってこようか。何が飲みたい?」

順番が回ってくるまでまだ時間がかかりそうだから、私は凜々花に訊いた。水でいい、ありがとう、と凜々花が独り言のように弱々しく答えたので、分かった、待っててね、そう言って立ち上がり、病院の地下室にある売店へ向かった。

ペットボトル二本を手に待合スペースへ戻る途中、何やら騒がしい声が聞こえてきたのが気になり、声のする方へ向かってみた。すると、総合受付の近くのテレビを取り囲んで人の壁が十重二十重《とえはたえ》にできており、みんなの視線がテレビ画面に釘付けになっている光景が目に入った。それだけでなく、制服の看護師や白衣の医師などの医療関係者が、どこか驚き慌てた表情を浮かべながら、急ぎ足で歩き回ったり、携帯で何か話し込んだりしていた。

人混みのせいでテレビ画面ははっきり見えないが、何かニュースを流しているようなので、私は携帯を取り出してニュースサイトを確認した。騒ぎの原因はすぐに分かった。

たった今、都内の主要総合病院の一つであるS国際病院が爆弾テロに遭ったのだ。爆発により、六つある建物のうち本館を含む三つが半壊し、死傷者数は現時点では不明だが、職員と入院患者を含め数百人が犠牲になったと見られている。S国際病院は出生意思確認認定病院の一つであることなど複数の手がかりから、警察は、これは無差別出生主義を唱える新興宗教団体「天愛会」による攻撃と見て捜査を進める予定とある。

よりによって今日だなんて――ニュースを見た瞬間、これは凜々花に知られてはいけないと思った。合意出生制度を標的としたテロだと分かったら、ただでさえ緊張している凜々花は更に大きなショックを受けるに違いない。〈コンファーム〉の際、母親の精神状態は胎児の出生意思に影響を与えると言われているので、それはどうしても避けたかった。

が、もう遅かった。待合スペースに戻った時、もともと緊張で沈んでいた空気は違う種類の緊張に塗り替えられ、人々は明らかな動揺と不安と混乱を顔に浮かべながらざわついていた。こそこそ何か耳打ちしている人、携帯で通話している人、感情が爆発して泣き出した人、気分が悪いのか手で口を覆っている人。担当看護師や検査技師と思《おぼ》しき職員も深刻な顔で何か囁き合っている。検査が止まっているのか、番号はさっき離れた時から進んでいない。凜々花は相変わらず俯いていたが、顔が真っ青になっていた。

「凜々花、水」

言いながらペットボトルを差し出すと、凜々花は無言でそれを受け取ったが、飲もうとしなかった。

「ニュースのことはあまり考えないで。出生意思に影響するかもしれないよ」

と私が言っても、凜々花は聞いているのかいないのか、やはり真っ青なまま何も言わなかった。

私は溜息を吐いた。

「ショックなのは分かるけど、子供のことも考えてあげて」

同じ女で、しかも妊娠している身として、ショックなのはよく分かる。世の中には意思を確認せず子供に生を押し付けようとする人たちがいること。生は自由に押し付けられるようにすべきだというおぞましい思想を広めるために、数百人の命が理不尽に奪われたこと。よりにもよって実行が今日だったということ。もしテロリストの標的がS国際病院ではなくここT大附属病院だったら、今頃私たちは屍《しかばね》になっているかもしれないということ。そんなことを考えると、ショックを受けるのは至極当たり前のことだ。

しかし、凜々花が口にした言葉は私の意表を突くものだった。

「彩華、聞いて」

俯きながらぶつぶつと、凜々花は呟くように言った。今まで聞いたことのない、宙に浮いているような、何かの幻に見惚れているような、恍惚とした声音だった。

「テロのニュースを知った時、私は一瞬、ああ、よかった、と思ったの。なんというか、一瞬、解放されたって感じ。彼らが、あのテロリストの人たちが羨ましいと、確かにそう思った」

思いがけない告白に、私は反応に窮した。

凜々花は言葉を継いだ。

「次の瞬間、なんてことを考えるんだと自分のことが嫌になったけど、でもあの一瞬、ほんの一瞬の間、合意出生制度なんてなくなってしまえばいいのにって、そんな声が自分の中から聞こえてきた。あの人たちがやっていることは間違ってない、間違っているのは私たちの方、もっとやってほしい、制度を廃止に追い込んでほしいって、そういう心の声がね。制度さえなくなれば、私も今のようにびくびくしながら検査を受けなくて済む」

「でも、そんなの親のエゴじゃない！」

思わずそう切り返すと、凜々花は顔を上げて暫く私を見つめた。それもやはり今まで見たことがない、悲しげな目だった。

「もちろん分かってるよ。だから自分のことが嫌になって、ほんと、親失格だなって自分を責めたの。でも、こんなダメダメな親でも、やっぱりこの子を産みたい、生まれてきてほしい、そう思ったの」

言い終わると凜々花は再び俯き、それきり何も言わなくなった。

私は自分の発言を後悔した。たとえ正論だとしても、もっと凜々花の気持ちを思いやるべきだった。ただでさえ弱っているところを正し過ぎる言葉で問答無用で叩かれては、あまりにも可哀想だ。

人間は完璧じゃない。殺人は悪だと誰もが分かっているけど、それでも誰かを激しく憎み、消し去りたいという欲望は誰しも抱えたことがあるだろう。殺意と呼ばれるそんな感情は、時として心の中でどうしようもなく疼《うず》き出し、私たちを苛む。それと同じで、自分の一存で子供を産みたい、生を押し付けたいという「産意」もまた誰にでもある、ごく普通の感情なのだ。殺意も産意もつまるところ、他者を意のままに操りたいという人間の最も根本的な願望の発露にほかならない。しかし当然ながら、そんな感情を抱くのと、実際にやるのとでは大きな違いがある。凜々花だって、実際に出生強制したり、本気で合意出生制度がなくなってほしいと考えているわけではないと思う。

「ごめんね、言い方がきつすぎた」

私は凜々花に謝った。「凜々花はいい母親だから、きっと子供も〈アグリー〉してくれると思うよ。今はとにかく気持ちを落ち着かせることが大事だから、あまり考え過ぎないで」

私の言葉に、凜々花は弱々しい笑みを浮かべてゆっくり二回頷いた。そしてペットボトルの蓋を開け、水を一口飲んだ。顔色が少し回復したのを見て、私はほっとした。

暫く経つと検査が再開し、番号が前へ進んだ。他の病院でテロがあったからといって、こちらまで業務を止めるわけにはいかないという判断が示されたのだろう。やがて凜々花の順番が回ってきて、私たちは看護師に案内されたまま検査室に入った。

検査室の中にはパソコンと高そうな医療機器が何台も置いてあり、スクリーンには意味が分からない様々な数値が表示されている。産婦人科でお馴染みの内診台もあって、間仕切りのカーテンに囲まれている。部屋に入ると、机の後ろに座っている四十代に見える女性の検査技師はこちらに視線を向け、二人いるのを確認すると、

「配偶者の方もご一緒ですね」

と呟き、そしてパソコン画面に目を戻した。「患者情報では、配偶者は男性となってるけど……」

「あ、ごめんなさい」

私は慌てて答えた。「私は彼女の友人で、配偶者は都合がつかなくて来られないから、私が付き添いで来ました」

「旦那さんより頼りになるご友人さんなんですね」

技師はまた独り言のように呟いてから、「どうぞおかけください」と言った。言われた通り椅子に腰をかけると、技師は何度も聞いた検査の説明を始めた。

〈コンファーム〉では、まずは直近数回分の生存難易度の計測結果から一定の公式に基づいて加重平均を取り、確認に使う最終数値を算出する。これも「一」から「十」までの十段階だ。それからその数値を「生まれますか？」といった確認文とともに、普遍文法に基づき胎児に理解可能なコードに翻訳し、専門の機械でそれを生体電流の形で胎児に伝え、出生の意思を確認する。機械は内視鏡みたいな長い形をしていて、それを膣から入れて胎児に直接触れ、電流を流して確認を行うのだ。機械の動作ミスや情報伝達ミス、または胎児の気紛れといった不確定要素をなるべく排除するために、確認プロセスは三回行う。三回とも同じ結果が得られた場合、その結果を採択する。結果がバラバラだった場合は後日再検査になり、再検査でもバラバラだった場合は、〈アグリー〉と見なされる。

検査前の本人確認や体調確認などが一通り終わった後、定期健診の時と同じように凜々花は検査着に着替え、内診台に乗った。看護師がカーテンを閉め、凜々花はカーテン越しに私の手を握った。彼女の小さく震えている手を、私は両手で包み込んだ。カーテンの中は見えないが、内診台の作動音や技師の動きから、検査が行われているのが分かる。技師は「入りますね」「はい、リラックスしてください」「中、少しピリッとしますよ」などの声がけをしながら、丁寧に機械を操作し、検査を進めている。医療機器のスクリーンではプログラミング言語みたいな様々なコードが飛び交い、それを確認しながら技師は頷いたり首を傾げたりしている。

十分もかからないうちに、

「はい、検査終了、お疲れ様です」

と技師は言い、内診台を下げた。凜々花が元の服に着替えている間、技師はパソコンを操作して何かをプリントアウトした。その紙には当然、検査結果が印字されているのだ。

〈コンファーム〉の結果はその場で分かり、〈アグリー〉となった場合、後日産科の診察で有資格者の医師が公証人となって、合意出生公正証書が発行される。万が一〈リジェクト〉になった場合、出生取消手術《キャンセル》を行うことになるのだが、手術の予約はその日のうちにしてもいいし、気持ちの整理や配偶者との話し合いが必要な場合は、後日電話やインターネットからでもできるようになっている。

凜々花が戻ってきて、隣の椅子に腰を下ろした。直接触れていなくても、凜々花の全身が震えているのが伝わってくる。過去九か月の間、自分の体内で育まれてきた命は生まれてくるのか、それとも生まれずに消えることを望んでいるのか、もうじき分かるのだ。

技師は検査結果報告書を差し出し、

「おめでとうございます」

と、微笑みながら言った。紙に目を落とすと、〈コンファーム〉の結果、三回とも〈アグリー〉と書いてあった。それを見て、凜々花はやっと安心したように、長い溜息を吐いた。

「ほら、言ったでしょ、きっと大丈夫だって」

私は凜々花を抱き締め、心から祝福を込めて言った。「おめでとう」

「ありがとう。ほんとに、彩華、ありがとう」

そう言って抱き返してきた凜々花の顔は、本当に幸せそうに見えた。

凜々花に元気な男の子が無事生まれたという知らせが入ったのは一か月後、クリスマス前の寒い夜だった。

＊

冬の寒さは、地球が暖かくなっているという事実を忘れさせるものだった。

もちろん、これでも数十年前や百年前と比べれば平均気温は何度も上がり、東京では完全に雪は降らなくなったけれど、それでも寒いものは寒い。

クリスマスが過ぎ、年末年始あたりから、それまでさほど目立っていなかったお腹が急激に膨らみ始め、誰がどう見ても妊婦と分かるような大きさになっていった。

帰省の習慣がない私と違って、毎年のお正月には必ず横浜の実家に帰省して母親と一緒に過ごす佳織だが、今年は帰省を取りやめ、私と一緒に過ごすことにした。

「そんなお腹じゃ、色々不便だろうしね」と佳織は言った。

「一人でもまだ大丈夫だよ、全く、佳織は世話好きなんだから」

そう言いつつも、佳織の心遣いはすごく嬉しかった。

相性がいいからか、お互い穏やかな性格だからか、記憶している限り、知り合ってから十年近く経つけど、私と佳織は一度も喧嘩らしい喧嘩をしたことがない。もちろん、相手の生活習慣や言動など小さなことが気に障って衝突に発展しかけたことは何度もあったけど、いつもどちらかが不機嫌になると、もう一方はすぐ引き下がって相手の機嫌を取ったりなだめたりする方に回る。お互い役割が固定化しないからこそ、絶妙なバランスを保っている。

知り合ってから初めて一緒に過ごしたお正月の連休は楽しかった。ねえ、服買いに行こうよ、と佳織が言うので、私たちは都心のデパートに出かけ、新しい一年を迎えるために服を何着か買った。そろそろ必要なマタニティウェアも一緒に選んだ。気の早い佳織はベビー服やベビーカーにまで手を出そうとした。流石にそれは早過ぎるよと言って止めたが、子供が生まれることを待ち望む気持ちを共有できているようで心の底から嬉しかった。初詣の時に引いたおみくじで、佳織は吉、私は大吉だった。

一か月に一回の定期健診も順調だった。色々なパラメーターの細かい数字に変化はあったものの、弾き出された生存難易度はいつも「三」か「四」で、出生同意確率も高い水準を維持していた。いまだ顔は見られないが確実に自分の身体の中で大きくなっていく我が子との初対面を想像すると、毎日そわそわして落ち着かなかった。


思わぬ来客が家まで押しかけてきたのは、二月中旬、月のない暗い夜だった。春の兆しがまだ見えぬ寒さが続く中、暖房の利く部屋の中で籠もっていると、突如呼び鈴が鳴り出した。

佳織はトークイベントの登壇で出かけており、家にはいなかった。荷物の配達ロボットかなと思ってインターホンのスクリーンを覗き込んだら、ロボットではなく生身の人間がドアの前に立っている。帽子を目深に被っており、顔は見えない。

不審者かと警戒して無視すると、呼び鈴がまた鳴り出し、同時にドアを叩く音が家中に響き渡った。このままだと近所に怪しまれるから、私はドアの前まで行った。何かあればすぐ警察に通報できるよう、携帯を持って。

「どなたですか？」

私は声を張り上げて訊いた。すると、

「彩華？」

と、聞き慣れた声が返ってきた。

姉の声だった。

「姉さん？」

私が確認すると、

「彩華、ドア開けて」と返事が戻ってきた。いつもの甘い口調とは違ってどこか落ち着きのない声だが、やはり姉だったのだ。

ドアを開けると、カーキ色のトレンチコートを着た姉が目の前に立っていて、帽子の陰に隠れた顔には幾分焦りの色が浮かんでいた。

「どうしたの、急に？」

そう言いながら、一応家に上げた。姉は昨年の夏に会った時と同じような濃いめのメイクをしていたが、それでも顔色の悪さは隠せず、帽子を取った後の髪の毛もぼさぼさに乱れていた。冷たい風の中を走ってきたのか、目の横には涙の痕がついている。

リビングのソファに座らせ、温かい紅茶を淹《い》れて、砂糖の缶と一緒に出した。

「せっかく来たんだから、お茶でも飲んでいきな。カフェインレスのやつだけど」

紅茶に砂糖をたっぷり入れてゆっくり掻き混ぜてから一口啜り、姉はやっと落ち着きを取り戻したようで、

「彩華、ありがとう」

と微笑んで言った。しかしその微笑みもどこか無理やり作り出したような印象を与えた。

「姉さん、来るなら事前に連絡してよ」

「ごめん、携帯、落としちゃって」

「携帯なくしたの？　端末を探す機能、試した？　警察に訊いた？」

「大丈夫よー、新しいの買うから」

「どこで落としたの？　電車？」

「それは、覚えてない」

溜息を吐いた。どこまでも呑気な人だ。

「で、なんで急に押しかけてきたの？　なんか用？」

私の質問に姉は答えず、ただ黙ったまま手を伸ばしてきて、もうすっかり丸く膨らんでいる私のお腹を軽く撫《な》でた。

「ここに、彩華の子供がいるのね。もう八か月かなぁ。あと一息だね」

私は姉の隣に腰を下ろし、彼女が撫でるのに任せた。「うん、八か月」

「予定日はいつ？」

「四月中旬。三月から産休に入る」

「とすると、〈コンファーム〉は来月かなぁ？　どこでやるのー？」

「T大附属病院」

凜々花の時の経験もあって、佳織とも相談した上で病院を決めたのだ。もうクリニックの先生に紹介状を書いてもらった。「なんでそんなこと訊くの？　自分が産む時の参考にしたいとか？」

しかし姉はまたしても私の質問をスルーした。こんな感じで彼女のペースに巻き込まれるのはいつものことだけど、今回は少し違うように感じられた。僅かながら姉は表情が沈み、ティーカップをテーブルに置くと、目線を両膝の間に落として黙り込んだ。い

つもと違う雰囲気を察知しながらも、そんな煮え切らない態度に思わず苛立ち、

「ねえ、黙ってないで何とか言ってよ。人んちに押しかけておいてそれはないんじゃないの？」

と窘《たしな》めてやった。すると姉はやっと決意したようにふっと顔を上げ、射貫《いぬ》くような視線で私を見つめた。迎え撃つように、私も見つめ返した。

「彩華、聞いて」

そう切り出した姉の声は余裕を湛えたような甘ったるいいつもの調子とは全く違う、切羽詰まった緊迫感が込められていた。触れると切れそうな張り詰めた釣り糸のようだった。「〈コンファーム〉、やめてほしいの」

何を言い出すかと思えば、予想を遥かに上回る突拍子もない要求に私は呆れ返り、暫《しば》し言葉を失った。一方で、そうか、これを言うためにわざわざアポなしで押しかけてきたんだな、とどこかで納得してもいた。何を考えているかよく分からない姉のことだから、何を言い出しても不思議じゃない。姉はずっと、私の妊娠週数を数えていたのだろう。数えた上で、〈コンファーム〉の一か月前というこのタイミングでやってきた。佳織が登壇するイベントの情報はネットで公開されているので、この時間は家には私一人

しかいないことは容易に予測できたはずだ。

「何言ってんの？　意味分かんないんだけど」

そう突っぱねてみたが、しかし姉は引き下がらなかった。

「言葉通りの意味よ。彩華には〈コンファーム〉を受けないでほしいの」

私はもう一度、姉の顔をまじまじと覗き込んだ。いつもなら姉の方から視線を逸らすが、しかし今回彼女は少しも怯《ひる》まずに見つめ返してきた。

子供の睨めっこゲームのようで何だか気まずくなり、私の方から顔を背け、溜息を吐いた。

「あのね、姉さん、自分が何言ってるのか分かってるの？」

と私は嚙んで含めるような口調で話した。「〈コンファーム〉をせずに子供を産むのは出生強制罪に当たり、犯罪なの。姉さんは今、犯罪を唆《そそのか》してんのよ」

「出生強制は親告罪、子供から告訴されない限り処罰はされない」

「処罰されないからといって犯罪は犯罪でしょ？　姉さん言ってることおかしいよ。どうかしてるよ」

思わず声を荒らげると、姉は怖じ気づいたのか黙り込んだ。

大声を出したのは悪かったと思いながら謝る気にもなれず、私はまた溜息を吐いた。そしてぼそっと呟いた。

「それにそんなことしたら、子供が可哀想だよ」

それからどちらも言葉を発さず、暫く静寂が流れた。私は気まずくて顔を背けたままにした。

ややあって、姉の方から口を開いた。

「彩華、よく溜息を吐くね」

「呆れ返ってるからよ」

「そんなに呆れるものなのかな?」

消え入りそうな声で、姉は訊いた。独り言のような、自問しているような声だった。

「十か月かけて育てた子供に無事生まれてほしいと願うのは、そんなにおかしいことなのかな?」

「そんなの誰でも願うことだよ。論点そこじゃないでしょ? 子供の意思を尊重するのが大事だって話じゃないの?」

「尊重って言ったって、〈コンファーム〉なんてするのは人間ぐらいよ、全然自然なことじゃない。動物はそんなことしない」

「だから人間は動物とは違うんでしょ？　捕食、交尾、繁殖、そんな動物的な本能と欲望を、道徳、法律と人権概念で縛り付けてきたからこそ、人間は弱肉強食という残酷な自然法則から抜け出すことができた。人間が人間たる所以《ゆえん》なんだよ」

「昔の人間だって、そんなことはしない。私が生まれた時にそんな制度なんてなかった」

「昔が正しくて今が間違ってるって言うの？　昔の人は賢い女を魔女として処刑したり、結婚すると女を所有物として扱って好きに殴ったり殺したり捨てたりしていたよ。同性愛者だって犯罪者扱いされたり病気扱いされたり結婚を許されなかったり、ひどい仕打ちを受けてた。長い時間をかけて、昔の過ちを一つずつ正してやっと今に辿《たど》り着いた。そんな人間にしかできない進化のプロセスを、姉さんは否定するって言うの？」

佳織のおかげで、昔のことについては私も人並み以上の知識を持っているから、言葉がすらすら出てきた。

「そんなこと、言ってないよ……」

自分の分が悪いと分かっているのか、姉は声の調子が少し弱まったが、それでも巻き返しを図ろうとした。「でも、生まれる前に殺される子供が、やっぱり可哀想だよ。彩華も妊娠してるなら、そう思うでしょ？」

「殺されるんじゃなくて、自分の意思で生まれてこないことを選ぶだけだよ。生まれたくないのに生まれてしまった方がよっぽど可哀想でしょ？」

「生まれてみなければ分からないんじゃない？　胎児はこの世界のことを何も知らないのに、自由意志という聞こえのいい言葉で大変な選択を押し付けるのって、やっぱひどいよ」

「生まれてからでは遅いんだよ。人生という名の無期懲役になる。いくら安楽死制度があるからといって、そんなの不完全な救済措置でしかない。死んだ人間が生き返らないように、一度生まれてしまった人間も二度と無には戻らない。そんな悲惨なことを未然に防ぐために合意出生制度があるんでしょ？」

「合意出生制度と言うけどね、そんな数字だらけの報告書で、一体何が分かるって言うの？　本当に確認しているかどうか、誰にも分からないんじゃない。胎児は喋れないんだから」

そんな言葉が姉の口から出てくるとは俄《にわか》には信じられず、私は彼女の顔を見つめたまま暫く愕然とした。いつになく強気な表情からは、折り曲げられない信念と呼べそうなものが見て取れた。それは私があの呑気な姉から感じたことのないものだった。

いや、それ以前に、姉の言葉には違和感を覚えた。言葉だけでなく、行動もそうだった。何故〈コンファーム〉をやめてほしいと言うためにわざわざ押しかけてきたのだろう。何故そこまで合意出生制度にこだわっているのだろう。そもそも子供もおらず、妊娠したこともないはずの姉にしては、確認プロセスについて妙に詳しそうなのも気になる。

頭を過《よぎ》る疑問の数々を一旦呑み込み、私は深呼吸をして感情を抑え、なるべく穏やかな口調を保つよう努めた。

「ねえ、姉さん。姉さんは一体、どうしたの？　姉さんまで、国は陰で確認結果を操作して国民を選別しているとか、国民の思想信条を把握するためだとか、そんな根拠のない陰謀論を言い出すの？　ねえ、一体何があったの？　誰に、何を吹き込まれたの？」

私は本気で姉のことが心配になった。子供の頃から彼女が苦手だし、長らく没交渉だったとはいえ、やはり姉は姉だ。そんな姉がいきなり目の前に現れたかと思いきや、まるで別人のように今までなら決して言わないような支離滅裂なことを捲《まく》し立ててきた。

一体何があったのか、何を考えているのか、全く見当もつかない。

そもそも私は昔から、姉が何を考えているのか全く分かっていなかった気がする。両親の依怙贔屓ももちろん大きな原因だが、どこか抜けているようで自分のことはあまり話さず、意見を言うこともあまりない姉には得体の知れない怖さを覚え、それも苦手意識を抱いた一因だったのだろう。しかし今目の前にいる姉は、明らかに昔の姉とは違う。何かあったに違いない。そんな姉を見ていると私はどことなく寒気がして、戸惑い半分、怖さ半分の気持ちになったが、それらの感情に勝《まさ》って心配が先行した。

私の心配が伝わったのか、姉は弾んだ呼吸を整え、感情を抑えるように目を閉じ、暫く黙り込んだ。身体の横に力無さそうに垂れ下がっている手をそっと握ってやると、思ったよりひんやりと冷たく、小刻みに震えていた。リビングの暖房をつけようかと思ったが、手の届くところにリモコンはなく、のしかかる沈黙の中でソファから立ち上がることもしづらいので、仕方なく断念した。

どれくらい経ったのか、姉はやっと口を開いた。

「彩華には、私と同じ思いをしてほしくないの」

先刻の口論から一転して、姉は懇願するような弱々しい声音になった。「私には子供がいた。でもその子供は合意出生制度に奪われてしまった。そんな制度さえなければ、きっとあの子は今とても元気に生きているのに」

思いがけない打ち明け話に私は唖然とし、息を呑みながら姉の言葉に耳を傾けた。

「結婚して二年経つ頃、私は妊娠したの。定期健診を受けたらとても元気な男の子で、出生同意確率も高かった。私も夫も子供の出生をとても楽しみにしていた。私は生活習慣や食べ物にかなり気をつけていたし、夫も毎日のようにお腹の中の子供に語りかけたり、お話を読み聞かせたりしていた。生まれたらどういうふうに育て、どこの学校に入れるかなんて、そんな話もたくさんした。名前ももちろん決めていた。名前事典を何冊も読んだよ。太陽の陽に天翔けるの翔と書いて、陽翔《はると》。太陽に向かって遥か彼方まで羽ばたいてほしい、そんな思いを込めてね。

でも、八か月目の定期健診で、陽翔に先天的な疾患があることが分かった。軽度の自閉症があって、精神遅滞を伴う可能性もあるって。現代は支援体制がそれなりに整っているし、両親も適切にサポートすれば元気に育つ可能性は高いけど、それでも生存難易度は一気に『七』まで上がった。それもそうよ、合意出生制度ができてから、先天的な疾患がある子供はかなり生まれにくくなってるんだから、相対的に生存難易度も上がるわけよ。

夫も私もすごくショックだったけど、それでも陽翔が無事生まれてくることを願った。生まれてきたら、二人で精一杯支えてあげようと心に決めていた。

でも、〈コンファーム〉の結果が〈リジェクト〉だった。先生を含めてみんなが、陽翔は生まれないことを選んだって言ってたけど、私は今でも分からない。自分の病気のことを何も知らない胎児が、ただ『七』という数字だけで何故そんな選択ができたのか。私たちは一体何の権利があって、そんな選択を胎児に強いるのか。ともかく私は法律に従って、〈キャンセル〉を受けた。

〈キャンセル〉なんて軽く言ってるけど、つまりは堕胎だからね。冷たい手術台で横になると、自分の膨らんだお腹が小さな丘のように見えた。その丘の中に、私の大事な宝物が眠っている。先生の一人が歩いてきて、私の腕に繋がれた注射器を押すと、全てが暗闇に沈んだ。次に目を開けた時、あの丘はもうなくなっていた。丸ごと消されたの。膨らんだ風船が、バーンって、跡形もなく消えるように、目を閉じる前に確かにそこにあって、私の心と身体を内側から満たしていたものが急に消滅して、残ったのはただ果てしない空虚だけだった。彩華、信じられる？　目を閉じてからまた開けるまでの、文字通りの一瞬の間で、陽翔は自分自身の病気について知る機会すら、永遠に失ったのよ」

姉の紡ぐ言葉の一つ一つが暖かい光を纏っているようで、凍り付く沈黙の塊を転がしながらゆっくり溶かしていった。話を聞きながら、私は生まれて初めて本当の姉に触れられた気がした。

「陽翔を失ってから、私はずっと、もし陽翔が生まれてきてくれていれば、という想像をせずにはいられなかった。もし生まれていれば、もう床を這って進めるんだろうな、そろそろ伝《つた》い歩きができるんだろうか、きっと信じられないスピードで言葉を覚えていくんだろうなって、気付けばそんなことばかり考えてた。

夫も最初は悲しんでいたけど、私より遥かに立ち直りが早かった。私が落ち込んでると、彼は『次の子供を作ればいい』と慰めるつもりで言ってきた。それがものすごく腹が立った。夫は何も分かってない。子供は代替品ではないし、誰も陽翔の代わりになんてなれやしないのに。次を作ればいいなんてのは、結局子供を代替可能な物としてしか見ていない人間の言うことだと、私は思った。よくもそんなことが言えるな、と激しい怒りを覚えたのと同時に、そんなことを言う夫と、仕事から帰ってくると私よりも先に私のお腹の中にいる陽翔に『ただいま』と言っていたあの夫が同じ人間だと思うと、本当に本当に悲しかった。次を作ろうと夫が言えば言うほど、私は頑なに彼を拒んだ。気付けば夫とは喧嘩ばかり繰り返すようになって、一年も経たないうちに離婚しちゃった」

そこまで言って、姉はまた私の顔を見ながら、膨らむお腹を撫でた。生まれることが叶《かな》わなかった陽翔を撫でているような、優しい手つきだった。

「彩華。彩華も知ってるでしょ？　何もないところから命が生まれ、自分の身体の中でゆっくり時間をかけて育っていく、あの感覚。私はそれを知ってしまい、そしてそれを教えてくれた命を失ったから、これから先も一生、きっともう子供を持つことはないと思う。子供を持つと、私はきっと陽翔のことを思い出す。その子供を陽翔に重ねて見てしまう。それだと陽翔も、その子供も可哀想だから、絶対そんなことはしたくない。〈コンファーム〉というのは、生まれる前の命を絶つというのは、そんな恐ろしいことなのよ。昔の死産や流産だったら、まだ神意だとか不可抗力だとかで諦めがつく。でも私たちが生の自己決定権と謳《うた》いながら殺《あや》めているのは、もうすっかり人間の形ができていて、健康に育つ可能性も高い子供たちよ。彩華にはこんな思いをしてほしくない。だから、〈コンファーム〉はしないでほしいの。もし〈リジェクト〉が出たら、みんな不幸になってしまう」

姉の言葉が途切れた後も、私は暫く驚愕に捕らわれたまま何も言えずにいた。何か言わなければと思ったが、何も言葉が出てこなかった。姉の視線を避けるように目を逸らすと、たまたまテーブルに置いてあるティーカップが目に入り、ああ、きっと冷めちゃってるな、温かいのを淹れ直してあげないと、と漠然とした考えが過り、次の瞬間、いや、今はそれどころじゃないだろう、と頭の中で自分にツッコミを入れた。沈黙の帳《とばり》がまたしてもずっしりと下りてきた。

姉の語りにはところどころ思い込みが激しいと思われる箇所もあり、そのまま鵜呑《うの》みにできないと直感した。それでも、姉が過去五年間で経験したことは確かに私の想像を超えていたので、どんな反応を示せばいいか困り果てた。慰めればいいのか、理解者として振る舞うのがいいのか、共感を示して前夫の悪口を一緒に言うべきなのか、何一つ分からなかった。思えば、姉が自分の弱さを私に曝《さら》け出すのもこれが初めてなのだ。私の目には何も考えていないように呑気に映っていた姉だったが、ただ外に出さないだけで、本当は私より色々なことを深く考えていたのかもしれない。

重い沈黙を破ったのは、家に帰ってきた佳織の「ただいま」という声だった。

「あー、疲れた。今日のイベントも嫌なおっさんの客がいてさ、質問があるとか言って蘊蓄《うんちく》をだらだらと披露してきたからガツンと言い返してやった——」

玄関で靴を脱ぎながら一頻《ひとしき》り仕事の愚痴を捲し立てる佳織は、そこまで言ってやっとリビングの二人に気付いたようだった。すぐに言葉を止め、怪訝《けげん》そうな表情で姉に向かって軽く会釈をしてから、私に疑問の視線を投げかけてきた。

いいタイミングで帰ってきたと心の中で感謝しながら、私はソファを立ち、彼女を出迎える。姉も慌てて立ち上がる。

「お帰り。こっちはうちの姉さん。用事があって東京に来たからついでにうちへ寄ってるんだけど」

言いながら、また一つ疑問が頭に浮かんだ。姉はなんで東京に来たのだろう。家を訪ねてきた時の、あの焦りを帯びた表情から判断すれば、自分のことを私に話すためにだけわざわざ山梨から出てきたとは考えにくい。東京で他に用事があり、そこで何かあったと考えた方が自然だろう。去年の夏といい、今日といい、姉の東京訪問の目的はよく分からない。何をしようが姉の自由なので特に深く考えてはいなかったけれど、今になって俄然《がぜん》気になってきた。

「ああ、お姉さん、初めまして」

姉と聞くと佳織は表情を緩め、微笑みを浮かべて挨拶した。「彩華の妻の、趙佳織と申します」

「初めまして。お邪魔してます」姉も会釈しながら挨拶した。

二人の間には初対面の気まずさとぎこちなさが漂うが、それでも先刻の沈黙から解放され、私は救われる思いになった。

「私は部屋にいるので、どうぞゆっくりおくつろぎください」

リビングを譲ろうとする佳織を、私は止めることにした。

「あ、大丈夫、こっちが部屋に行くから」

言いながらいつも通りハグを交わすと、佳織の髪の甘い香りが優しく鼻腔を満たした。外気で冷えた長い黒髪が頰に触れてひんやりと気持ちよく、何だか頭まで冴《さ》えてきた。自分のやるべきことが、はっきり見えてきた気がする。

姉と二人で自分の部屋に引き上げ、ドアを閉めると、私は彼女に向き直った。

「姉さん、自分のことを話してくれてありがとう。姉さんは私のことを考えてくれているのに、私はいつも自分のことでいっぱいいっぱいで、自分のことしか考えてなくて、姉さんが辛い思いをしているのに何も知らなくて、力にもなれなくて、ほんとごめんね」

心の底からの言葉だった。何を考えているか分からない姉の得体の知れなさに苦手意識を抱いていると思っていたが、そもそも私は姉のことを知ろうとしてこなかったのだ。色々なことを抱え込んでいるが、それでも私に歩み寄ろうとしてくれた姉とは違って。

「でも、私は〈コンファーム〉を受ける。これは私だけの問題じゃない。佳織の、そしてお腹の中にいるこの子の問題でもある。合意出生制度は本当に正しいのかどうか、私には分からない。巷《ちまた》に聞く陰謀論は何も証明されていないけど、逆にそれが嘘だという証拠もない。でもこれは正しいか正しくないか、信じるか信じないかの問題じゃなくて、私たちがどうしたいかの問題なの。

佳織は姉さんと同じ、合意出生制度ができる前に生まれてきた。そのせいで長い間苦しんでいた。佳織と同じ思いを、私はこの子にしてほしくないの。望まない生を押し付けて、この子に恨まれて、佳織まで犯罪者にしてしまうという最悪の結果、それだけは絶対に避けたい」

姉は悲しそうな表情で私を見つめた。

「たとえ自分を苦しめることになっても、構わないの？」

私は姉をまっすぐ見ながら、大きく頷いた。

「佳織が傍にいてくれるから、きっと大丈夫。だから姉さんも安心して」

その通り、と言いながら私は思った。妊娠の何たるかを知らない男たちとは違い、佳織は私と同じ、身体に命を宿し得る性なのだ。私が悲しんでいるなら佳織も一緒に悲しみ、私が苦しんでいるなら佳織も一緒に苦しんでくれるに違いない。過去の八か月の妊娠生活を振り返り、私は強くそう確信した。

ふーう、と姉は俯き、長い溜息を漏らした。そしてまた顔を上げ、今度は私に向かってニコッと笑った。

「彩華なら、きっとそう言うと思ったよ」

次の瞬間、姉に抱き締められたのを感じた。子供時代に生活をともにしていたにもかかわらず、姉との初めての抱擁に私は暫く心を奪われた。そしてはっと気が付くと、服の肩のところが濡れていく感触を覚えた。姉の涙だと悟るのに時間はかからなかった。

「変なことといっぱい言って、ほんとにごめんね」

声を震わせながら呟くように謝る姉に、私はある違和感を覚えた。姉がわざわざ訪ねてきたのは私を説得するためではなく、自分を納得させるためかもしれないと、何についてどう納得したかったかも分からないが、直感的にそう思った。

姉が帰った後、佳織は心配そうに訊いてきた。

「大丈夫？　何かあったの？　お姉さん、目、赤かったよ？」

「ううん、大丈夫」

もらい泣きなのか、姉の打ち明け話を聞いて今更悲しくなってきたのか、それとも単にホルモンバランスの乱れから来る情緒不安定なのかは分からないが、私は発作的に佳織を抱き締めると、涙がぽろぽろ転がり落ちた。

「全然大丈夫そうには見えないけど」

困ったような声音で言いながら、佳織は私の背中を摩り、頭を優しく撫でた。

「大丈夫だよ。佳織がいてくれれば、きっと大丈夫」

そう言いながら、私は佳織の胸の中で暫く涙を流し続けた。

4

二月の夜の話し合いで納得してくれたようで、それ以来姉から連絡はなく、こちらからも特に連絡を取っていない。

もう子供を持つことはないだろう、と姉は言っていたけれど、何があるか分からないのが人生。姉はまだ三十二歳だし、いつか好きな人と巡り合えたらまた産みたくなるかもしれない。産まないにしても、いい人と出会って幸せになってほしいと心の底から願った。

姉の幸福を願う一方、私自身の生活も絶えず前へ進み、三月に入ると会社は産休になって、家で過ごす時間が急増した。

お腹がかなり膨らんできたので行動は不自由になるし、出産に備えて色々と準備することもあるので大変だろうと思っていたが、いざ休みに入ってみると意外とそうでもなく、寧《むし》ろやることがなくて若干暇を持て余した。

ぽっかり空いた時間を満たしてくれたのは佳織だった。子供が生まれると二人きりの時間が取りにくくなるからといって、佳織も小説の仕事を暫く休んで、二人で一緒に映画を観に行ったり、ベビー服を物色したり、子供を連れていけるような近所のスポットを開拓したりした。三月も中旬に差しかかると東京では桜が咲き始めるので、人が少ない平日を狙って一緒にお花見もした。このささやかな非日常的な日常を二人で愛でながら、時間はただ静かに流れていく。

ちょうど同じ頃、それまで場所が分からなかった宗教団体「天愛会」の本拠地が警察に見つかり、主要幹部たちその他会員が逮捕されたというニュースが報じられた。

ニュースによれば、一般市民から警察に匿名の通報があったという。最初は悪戯だと思って電話口ではまともに取り合わなかったが、通報者が会の活動に妙に詳しいので、令状を取って家宅捜索を行ったところ、真実だと判明したのだ。摘発された現場からは大量の爆薬が押収され、それ以外にも次の犯行の計画書などが見つかったという。

「ほんと、人間のクズ」

手錠をかけられ、俯きながらパトカーに乗り込む容疑者たちの映像を観ながら、佳織は低い声で吐き捨てた。ほとんどの逮捕者はマスクとサングラスで顔を隠しているが、髪型や体型から見れば女性が大半らしい。歳もそんなに行っておらず、三十代、せいぜい四十代に見える人が多かった。

「逮捕されてほんとによかった」私も胸を撫で下ろす気持ちになった。

去年のテロ事件では二百五十二人が亡くなり、怪我人も重傷軽傷併せて千人に上った。日本史上最悪と言われるこのテロ事件は連日連夜マスコミを騒がせ、以来、どの病院も警戒を強めた。出生意思確認認定病院はもちろん、小さな産婦人科クリニックでさえ警備員が常時駐在し、入構時は必ず身分証明書の提示を求められ、手荷物も徹底的に検査される。年明けに厚労省が発表した日本の生存難易度指数は、去年より一気に三ポイントも上がった。温暖化が進む中でも通常は年に〇・数ポイントしか上がらないので、一年で三ポイントも上がるのは極めて異例だ。生存難易度指数にしろ警戒強化にしろ、妊娠している身としては本当にいい迷惑だ。私は幸いさほど影響を受けなかったが、生存難易度指数の上方修正により、胎児の生存難易度がぎりぎりのラインを超えて〈リジェクト〉になった人も、中にはいたはずだ。

唯一ほっとしたのは、無差別出生主義にまつわるデモ活動が街から完全に姿を消したことだった。集会の自由が憲法で保障されているという建前の下で、この種のデモ活動は表向きでは今まで通り禁止されていないが、何しろあんな事件があった直後なので、デモを申請したところでほとんど許可が下りず、現場レベルで弾かれているらしい。テロ以降、無差別出生主義というのは「思想・良心の自由の保障対象とされる多様な信条の一つ」から、「根絶すべき危険な思想」と見なされるようになった向きがある。仮に許可が下りたところで、このような世論の中ではデモはかなりやりづらいはずだ。街を歩いている時にそのようなデモ隊に出くわさずに済むというのは、私にとってせめてもの救いだった。

「これで一安心だね」

佳織は私の手を強く握り、頬にキスしながら言った。私も彼女の首筋に啄《ついば》むように軽く返礼をし、そして、

「うん、やっと安心してこの子を産める」

と、お腹を撫でながら言った。すると、お腹の中で子供が軽く蹴った感触がした。予定日まであと一か月。きっとこの子も早く生まれてきたくてうずうずしているのだろう、

そう思うと何か暖かいものが身体の奥底から込み上げてきた。その暖流で胸がいっぱいになるのを感じながら、私は頭を佳織の膝に預けてソファで横になり、この子を撫でてやってほしいとねだった。しょうがないな、この甘えん坊、というふうに佳織も微笑みをこぼしながら応じた。佳織の手に触られるお腹の内側で、子供が手足を動かしたり伸ばしたりするような小さな振動が続き、テレビの中では、よく知らない時事評論家たちが逮捕の件を巡って唾を飛ばしながらかまびすしく論を交わしていた。

待ちに待った〈コンファーム〉の日。朝はアラームが鳴る前に目が覚めてしまったのに、緊張のせいで睡眠が浅かったのだろう、意識がまだ朦朧《もうろう》としていて、瞼《まぶた》も重かった。しかし二度寝を試みても全然寝つけず、全く、遠足前の小学生かよ、と自分に呆れながら起床することにした。

「おはよう」

リビングに出ると、やはりよく眠れなかったのか、目の下にうっすらとクマができている佳織はもうキッチンに立っていて、朝ご飯の用意をしていた。私が挨拶すると、彼女もにっこりと笑い、

「おはよう」

と挨拶を返した。

洗顔や歯磨きなどの身支度を済ませてから、私はソファに腰をかけ、朝食が出来上がるのを待つ。予報通りの快晴で、清々しい朝日が窓から射し込んでフローリングの床に当たり、その光の束の中では無数の塵が舞っていて、さながら光の階段に見えた。その光景はどこか神々しく、新しい命が天から降りてくることを連想させた。

そんな考えが混沌とした頭を過り、次の瞬間、何馬鹿なことを考えているんだ、と私は心の中で苦笑した。天や神なんて、前時代的にもほどがある。この子を妊娠しようと決めたのは私と佳織で、生まれてくるかどうかを決めるのはこの子自身だ。全てが人間の自由意志であり、そこに神意が介在する余地はない。ことあるごとに神だの自然だのを持ち出したがるのは、「天愛会」みたいな、人間の自由意志を否定しようとする反動的な連中なのだ。

そんなことを考えていると、意識がだんだん冴えてきた。ややあって、

「朝ご飯できたよー」

と佳織が声をかけてきたので、二人で食卓についた。白いご飯に目玉焼き、味噌汁《みそしる》、

そして野菜炒めという簡素だが栄養バランスが取れている献立だった。

食事中、佳織はいつになく寡黙な気がして、私はこっそり彼女の方を窺った。自然光に照らされる中で、俯きがちにご飯を掻き込む彼女の顔はどこか強張っているように感じられた。緊張するとよく喋る人と黙ってしまう人とがいるが、佳織は普段からよく喋る分、後者に近い。やはり彼女も緊張しているのだ、と納得するのと同時に、彼女が一緒に緊張してくれているおかげで、こちらの気持ちがだいぶ楽になったことに気付いた。独りではなく、誰かが常に傍にいてくれるというのは、つまりそういうことなのだろう、としみじみ思った。

「いつもご飯を作ってもらってるから、なんか負債がどんどん溜まっていく感じだね」

今こそこちらが佳織の緊張を和らげてあげる番だと思い、私は彼女に話しかけてみた。

「今度佳織が妊娠する番になったら、私はこんなにうまく作れない気がする」

今度佳織が妊娠する番、という将来の話を持ち出すことで、目の前に立ちはだかっている不確実性をすっ飛ばそうという狙いが当たったのか、佳織も笑顔になって話に乗ってきた。

「なら特訓だね。この趙佳織の秘伝レシピを全部頭に叩き込んでおいてもらわないと、安心して妊娠できないな」

「そんな、お手柔らかにお願いしますよ」

「こう見えても、人にものを教える時はスパルタだからね」

「『こう見えても』も何も、見た目からして完全にスパルタだけどな」

「何それどういう意味よ」

くだらないやり取りをしているうちに食卓の空気がだいぶ柔らかくなり、鈴の音のように澄んだ笑い声がリビングを満たした。あとひと月もすれば、二人が三年近く時間をともにしたこの家に新しい家族を迎えることになる、そう考えるとまたしても不思議な気持ちに包まれた。

朝食が終わり、食器の片付けを手伝おうとするといつものように「彩華は休んでて」とやんわり断られ、その言葉に甘えることにした。部屋に戻って携帯をチェックすると、育休中の凜々花からメッセージが届いていた。

〈コンファーム、今日だったよね？　緊張しないで！　きっとうまく行くから、平常心が大事！〉

自分の時はあれだけ緊張していたのにな、と笑いたい気持ちを堪えながらお礼のメッセージを返した。

赤ちゃんの機嫌を損ねるとよくないみたいなので、今日くらいはね。そう言って、佳織がお金を出してくれたので、二人でエアタクシーを呼んでT大附属病院まで飛んでいくことにした。

小さなクリニックに駐在しているのは民間企業から派遣される警備員だが、それと違って、出生意思確認認定病院であるT大附属病院の入り口では、迷彩柄の制服を身に纏い、頭にヘルメットを被り、手に自動小銃を持つフル武装の自衛隊員が物々しく歩哨に立っている。身分証明書とクリニックでもらった紹介状を提示し、来意を説明し、手荷物検査を受け、いくつか質問に答えてから、やっと入構を許された。

検査までの流れは凜々花の時と一緒だった。まず産科で問診を受け、直近の健診結果を一通り確認してから検査予約票を受け取って検査棟へ向かう。順番が回ってくると検査室に入る。

凜々花の時と違い、今日の当番の検査技師は口数の少ない無表情な中年男性で、佳織と一緒に部屋に入ると私たちの方を一瞥《いちべつ》し、またパソコン画面に視線を戻した。そして何も言わず、本人確認もせず、ジェスチャーだけで着席を指示した。

それから彼は無言でパソコン上の情報を暫く読み込んでから、「全て正常ですね。じゃ、着替えて台に乗ってください」と、ぼそっと呟くように言った。言われた通り検査着に着替えて内診台に乗ると看護師がカーテンを閉めた。私はカーテンの下から佳織と手を握り合った。

検査の途中でも、技師は最低限の指示の言葉しか発せず、凜々花の時のように「入りますよ」「中、ピリッとしますよ」などと声をかけてはくれなかった。何かひんやりしたものが身体の下の方に触れたかと思いきや、既にクスコを挿入されて膣が拡張された感触が伝わり、思わず身体を強張らせると鈍い痛みに襲われた。

「リラックス」と技師は棒読み口調で呟き、こちらがまだ反応できていないうちに、また別の細長いものを挿入され、それが子宮頸癌検診の時よりも深いところまでぐいぐい入ってきたのを感じた。内診台に乗っている自分には何も見えないが、凜々花の時に見た内視鏡のような機器が子宮まで入ってきて、胎児に触れて意思疎通を行っている様子を想像しながら、精一杯身体をリラックスさせようとした。しかしそれがうまく行っていないようで、膣の鈍い痛みと同時に下腹部からも感電するような鋭い痛みが走り、思わず呻《うめ》き声を漏らした。これは想像していたよりきつい、そう思いながら深呼吸をして堪えようとしたところ、「はい、終わり」と、呆気なく検査終了を告げられ、肩透かしを食らった気分になった。

十分もかからない検査なのに、ひどく消耗した。下半身に痛みの名残りを感じつつ、内診台を下り、奥の方へ行って元の服に着替えた。

再び佳織のいる前の方へ戻ると、まだ腰かけてもいないうちにいきなり、

「リジェクトですね」

と、技師が素っ気なく宣告した。何が起こったのか今一つ把握できず、下ろしかけた腰を浮かしたまま呆然と立ち尽くしていると、

「どうします？　キャンセル、予約しときます？」

と、続けて質問が飛んできた。それで、ようやくその言葉の意味を理解できた。頭の中でギーンと甲高い音が鳴り響き、虚空をどこまでも墜落し続けるような、重力を奪われた感覚に襲われる。

「リジェクト……ですか？」

反応に窮していると、佳織の方が先に口を開いた。

「そんなはずないです。何か勘違いしたんじゃないですか？」

こんな反応は見飽きたというふうに技師は面倒くさそうな表情になり、「出生意思確認検査結果報告書」と題された紙をこちらへ差し出した。

「ご自身で確認してください。三回ともリジェクトです」

立ったまま前屈みになり、私は報告書を覗き込んだ。技師の言った通り、報告書にははっきりと「リジェクト」の文字がいくつも下線太字で印字されていた。

ということは、この子は産めなくなった。お腹の中から、また胎動が伝わってくる。これまで九か月間の祈りも、願いも、期待も、我慢も、全てがたった十分間の検査で水泡に帰してしまったのだ。それなら、この九か月間は一体何だったというのだろう。この子の誕生を待ち望んでいた私たちの思いは、一体何だったのだろう。そう思った途端、途轍《とてつ》もなく理不尽に感じられた。

「きっと勘違いです。でなければたまたま今日の調子が悪かっただけなんです。別の日に再検査していただけますか?」

と私が言うと、技師はまた面倒くさそうに、腕を投げ出すように手を伸ばしてきて、報告書に書いてある文字をトントンと指で叩いて示した。

「ここに書いてある通り、三回ともリジェクトです。これはもうはっきりとした拒絶の意思です。オンリー・イエス・ミーンズ・イエス。三回とも同じ結果だった場合、再検査は認められません。これはルールです」

「検査でも間違いはあり得るでしょ？　これまでの健診では同意確率が九十五％を下回ったことがないんです。きっと何かの間違いです」

と、佳織がすっと立ち上がり、強い口調で言った。

「同意確率ってのはあくまで統計データから算出されたもので、胎児は一人一人違う性格を持っているから、確率から外れることはいくらでもあります。今の検査結果こそが胎児の本当の意思なんです」

「でも、たまたま今日の調子が悪かったとか、胎児の機嫌がよくなかったとか、そういう可能性だってあるんでしょ？」

「同意確率を高めるために胎児の機嫌を取った方がいいとか、天気とか体調が検査結果に影響するとか、そんな都市伝説みたいなエセ情報はネット上ではいくらでも流れてるけどね、全て根拠がないです。嘘なんです」

言い終わると、技師は立ち上がり、出ていくようにというジェスチャーを示した。

「〈キャンセル〉の予約を後日改めてなさりたいのなら、検査は以上です。もう帰っていただいて結構です。次の方がお待ちなので」

あまりにも素っ気ない対応に私はカチンと来た。

「そもそもさあ、さっきの検査は何なんですか？　あんな乱暴な検査で、本当の結果が分かるんですか？　胎児をびっくりさせたから、〈リジェクト〉が出たんじゃないですか？」

「生まれるかどうかという大事な意思決定が、そんなことに影響されるとお考えですか？　ネットの情報より、専門家を信じてください」

「そんなこと分からないんじゃないですか？　胎児はこの世界のことを、まだ何も分かっていないんだから、些細《ささい》なことでも影響される可能性はあるんじゃないですか？」

「あなたのその言い草は、胎児の自己決定権を過小評価しているんですね」

「あんたこそ、子供の誕生を待ち望む母親の気持ちを蔑《ないがし》ろにしているんですよ」

言いながら、これは逆切れだなと思いつつ、堰《せき》を切った言葉の流れは止めようがない。

「なんであんたみたいな思いやりの欠片《かけら》もなく、母親の気持ちも分からない男に、こんな検査が任されているんですか？　信用できない。とにかく信用できない」

「信用していただかなくても、検査の結果をお伝えしたまでですがね。検査機器に男も女もありませんよ」

「常識的に考えて、九十五％という確率はそんな簡単に外れるわけないでしょ？」

「同性愛者に生まれる確率だって数％しかないと言われてますが、お二人は同性愛者ですよね？」

何なんですかその言い草は、と私が言おうとすると、

「とにかく、再検査を依頼します。あんたみたいなヤブじゃなくて、他の病院でちゃんとした方に頼みます」と、今度は佳織が口を挟んだ。

「頼んでみるといいでしょう。しかし今日の検査結果はオンラインで各認定病院に共有されるので、どこに頼んでも無駄だと思いますがね」

「あんたね、このヤブ！」

と、佳織は激昂して声を荒らげた。しかし技師は顔色一つ変えず、

「もう出ていってください。警備員呼びますよ」

と、最後通告を出した。

これ以上ことがこじれて警備員を呼ばれると流石にまずいので、ひとまず佳織を抑え込んで、二人で検査室を出ることにした。

「何なの、あの男は」

怒りがまだ収まらない佳織の背中を、私は軽く摩ってあげた。

「あんなのほっとこう。さっきの検査、めっちゃ痛かった。きっと検査の仕方が良くなかったんだよ。別のところ頼んでみよう」

「彩華、痛そうな声出してたもんね」

佳織が私の手を握り、心配そうな表情を浮かべた。「大丈夫？　まだ痛い？」

検査機器を挿入されたところにまだ微かな異物感が残り、下腹部もまだ少し痺《しび》れるように疼いているが、私は首を横に振ることにした。

「もう大丈夫。それより、早く他の病院、探さないとね。じゃないと予定日が来ちゃう」

外に出ると、眩しい陽射しが燦々《さんさん》と降り注いでいた。病院が面している道路は桜の並木道となっており、桜はほとんど散っていて、白とピンクの花弁が歩道に敷き詰められてさながら花の絨毯《じゅうたん》だった。その美しい風景を見ると思わず息を呑み、心が洗われたように先刻のやり取りから来た不快感がすっと軽くなった気がした。

この世界は美しい。きっとあなたもこの美しい世界が見てみたいんでしょ？　さっきは乱暴な検査をしてごめんね。お母さんはできるだけ早くちゃんとしたところを探して、あなたの本当の意思を確かめるようにするから、もう少し待っててね。

お腹を撫でながら、私は心の中で胎児に語りかけた。

しかしどこに頼んでも、いくらこちらの言い分を説明しても、門前払いを食らう状況が続いた。

別の認定病院への紹介状を書いてもらおうといつも通っている駅前の産婦人科クリニックの先生を訪ねても、来意を説明するとやんわり断られた。

「お気の毒だけどね、再検査は認められないルールなのよ」

先生はこちらの心情を慮《おもんぱか》っているような柔らかい口調で言った。「再検査が認められると、同意が出るまで何度も検査を受けようとする人が出てくるでしょ？　子供の意思はパチンコじゃないんだから、そう何度もトライするもんじゃないのよ」

「でも、本当に生まれまいと確固たる意思を持っているのなら、何度検査しても〈リジェクト〉が出るはずじゃないですか？」と佳織が食い下がった。

「同じことを何度もお願いされたり訊かれたりすると、押し切られる時ってあるでしょ？　胎児だって同じなの。でも、押し切られての同意は、本当の自由意志による自己決定とは言えないでしょ？」

先生の嚙んで含めるような説明を聞いて、確かにその通りかもしれないと納得しかけたが、やはりどこか引っかかりを覚えた。しかしどこが引っかかっているのかは分からない。

私が何となく覚えた違和感を正確に言語化したのは、言葉を生業《なりわい》とする佳織だった。

「でも、それを言うなら、私たちだって色んな物事から影響を受けながら、色んなことを決めているんでしょう？　何が本当の自由意志で、何が外部からの影響なのか、そう簡単に分けられるものなのかな」

佳織の言葉を聞いて、先生は苦笑いを浮かべた。

「確かに仰る通りよ。でもそれを突き詰めて考えると、自由意志が本当に存在するかどうかという哲学的ないたちごっこになっちゃうのね。私は医者であって、哲学者じゃないの。そんな決着のつかない思考実験より、どうすれば胎児の意思を最大限尊重できるか、考えなければならないの」

「つまり、合意出生制度は完璧じゃないってことですか？」

私は思わず訊いた。

「完璧な制度なんてないと思うよ。どの時代のどの制度も、人間の限られた知性の中で作られたもの。そして人間が完璧じゃない以上、どんな制度にもきっと欠陥は存在するし、後の時代から見ればとんでもなく愚かしく映るものだってある」

柔和な眼差しで私の顔をまっすぐ見ながら、先生はゆったりとした口調で言った。

「二百五十年前のアメリカ人は、黒人は穢《けが》れているから奴隷に相応《ふさわ》しいと思っていた。百六十年前のイギリス人は、女性は知性が男性より劣っているから投票権を与えるべきではないと言っていた。六十年前の日本人は、国体の崩壊に繋がるから女性や女系の天皇を認めるわけにはいかないと主張していた。どれも今から見れば馬鹿馬鹿しい考えだけど、昔の人は大真面目だったはずよ。だからひょっとしたら五十年後の人から見れば、〈コンファーム〉なんて制度は馬鹿げているように映るかもしれないし、婚姻制度自体が非合理的だと思われるかもしれない」

「そんな馬鹿げているかもしれない制度に、私たちは従っているということですか？」

「私たちは未来人じゃなくて、現代人だからね。他にもっといい制度もないから、仕方がないの」

先生は溜息を吐いてから、内緒話をするように声を落として言った。「もちろん、そんな制度に従わないで、何があっても子供を産もうとする確信犯はそれなりにいるし、私も何人か見てきたよ。でもやはり犯罪は犯罪だから、産婦人科医としては絶対におススメできないね」

結局紹介状はもらえず、私たちはクリニックを後にした。

それでも諦めず、別のクリニックを当たり続けた。佳織は仕事の原稿を投げ出し、日夜私に付き合った。しかし、どのクリニックでも紹介状は書いてもらえなかった。

佳織は出版社のつてを頼って、担当編集者の友人だという産婦人科医を紹介してもらい、そこでやっと紹介状を書いてもらえたが、紹介先である認定病院に赴くと、産科の問診の段階でやはり検査を断られた。あの男性技師の言った通り、前回の検査結果は既にオンラインで共有され、どの認定病院からでも確認できるようになっていたのだ。産科の診療室では更に、たとえもう一度検査を受けて〈アグリー〉となったところで、採用されるのは初回の検査結果だから〈アグリー〉ということにはならず、公正証書も発行されるわけではない、と釘を刺された。要は、何があっても〈リジェクト〉という結果が覆ることはないというのだ。

八方塞がりの中でも予定日だけは日に日に近づき、あっという間に二週間を切った。いつ陣痛が来てもおかしくない。このままずるずる行くと、本当に出生強制になってしまう。凛々花から検査結果を訊くメッセージは来ていない。〈アグリー〉だったらこちらから報告したはずだから、こちらの報告がなかったということでそっとしておいてくれているのだろう。

やはり検査結果を受け入れて、今回は諦めた方がいいね、と佳織が言い出したのは四月上旬の午後、東奔西走にぐったりして二人でリビングのソファに腰かけ、一休みしている時だった。

私は耳を疑った。佳織だけはずっと味方だと思っていた。にもかかわらず、佳織までもがこの子を取り上げようとしている。今まであれほど長女の誕生を待ち望みながら一緒に過ごしてきた時間は一体何なのか、全て嘘になってしまうのか、嘘にすらならないただの無意味な空虚となってしまうのか。途轍もない孤独感に襲われ、私は彼女の提案に激しい拒否反応を示した。

「佳織までそんなことを言い出すの？　この子を殺すって言うの？」

「殺すんじゃない、生まれたくないという意思を尊重してあげるだけだよ」

「それが本当にこの子の意思かどうかも分からないじゃん」

「でも他に参照できる情報もないから、検査結果を信じるしかないじゃない」

「そもそもさあ、あんな検査って本当に信用できるの？　数字を伝えると〈アグリー〉か〈リジェクト〉かが返ってくるって言われたって、仕組みは完全にブラックボックスじゃん。私たちの知らないところでいくらでも弄《いじ》れるじゃんか」

「誰もそんなことをする理由なんてないでしょ？」

佳織は不思議そうな表情になり、私を見つめた。「なんでそんな被害妄想になるの？」

私は佳織と向き合い、もはや味方でも何でもないその顔と見つめ合った。窓の外から、春雨がしとしとと降っている音が聞こえる。

このやり取りはどこかで聞いた覚えがある、と私は思った。そして思い出した。姉が押しかけてきた時のやり取りとそっくりだ。僅か一か月ちょっと前なのに、もう遥か昔のことのように思える。あの時の姉の言い分を、私は今まさにそっくりそのまま繰り返しているのだ。ただ自分の「産意」を乗り越えられず、検査結果を受け入れたくないだけなのに、情けない、何という形振《なりふ》りの構わなさよ、と心の中で自嘲しながらも、しかし引き下がることはできなかった。

「被害妄想じゃない、そういう可能性もあるって話だよ。佳織だって否定はできないでしょ？」

「そんなの陰謀論——」

そこまで言って、佳織は一旦言葉を止め、自分を落ち着かせるというふうに一度深呼吸をした。そして私と向き直った。

「じゃ、教えて。彩華はどうしたいの？」

私はどうしたいのか。お腹の中のこの子をどうしたいのか。それは私にもよく分からない。はっきりしているのは、この子を失うのはあまりにも悲しくて、私には耐えられないということだけだ。

押し黙っていると、佳織は更に追い打ちをかけてきた。

「まさか〈アグリー〉が出ていないこの状況で、産みたいとは言わないよね？」

「……」

「出生強制が一番やっちゃいけないことだって、彩華にも分かるよね？」

「……」

「きちんと意思確認を経て生まれてきた彩華には分かんないかもしんないけど、合意なき出生って、本当に辛いんだよ？」

　当事者である佳織にそう言われるととても説得力があり、私は返す言葉が見つからなかった。なるほど、〈リジェクト〉を宣告された時の姉って、こんな気持ちだったのか。私に理詰めで責められた時の姉って、こんなにも無力感でいっぱいで、途方に暮れるほど悲しかったのか。あれほど正論を並べ立てて姉を詰《なじ》ったのに、いざ自分が当事者になってみると、この有り様だ。本当に情けない。今となっては、嘘を吐いてまで子供を産もうとした河野部長の妻の気持ちも、痛いほど分かる。これまでその正当性を信じて疑わなかった合意出生制度は、今やただただ、私と自分の子供の間に立ちはだかる大きな障壁に思える。間違っているのは自分だと分かっているのに、こんな制度なんてなくなればいい、こんな制度がなかった昔の人が羨ましい、そう思ってしまう。

「佳織こそ、分かってない」

　俯きながら、ぶつりと、私は言葉を口から押し出した。

「何が？」

　と、佳織は訝《いぶか》しげな表情で私を覗き込んだ。

　吐き出してしまった言葉は撤回する術《すべ》がなく、思いっきり吐き切るしかない。私は顔を上げ、佳織を見つめ返した。自分の表情は見えないけど、きっと恨めしそうな目付きをしているに違いない。

「妊娠してる人の気持ち」

ぶつぶつと言葉を吐き出す。一切の退路を断たれた私に残された、唯一の言い分だった。「だって、妊娠して、自分の身体、自分の血肉で十か月かけて子供をここまで育ててきたのは、佳織じゃないもん」

こんなのは理屈ではなく、個人的な恨み節でしかない。そう思いながらも、しかし吐き出しているうちに言葉が勝手に勢いをつけていき、止めようとしても止められなかった。

「子供の意思を尊重しようねなんて綺麗ごとを言うのは簡単だけど、身籠っている方の気持ちにもなってみてよ。十か月の努力がパーになるんだよ。たった十分間の検査でさ。そんなんが普通だったら、私は何のために頑張ってきたのさ」

「頑張っているのは彩華だけじゃない、私だって――」

「佳織は黙ってて」

弁解しようとした佳織を遮り、私は捲し立て続けた。こんなの、佳織の愛情に付け込んだ甘えでしかない、そう分かっていても、言葉が次から次へと身体の中から湧いて出てくる。「そもそも生存難易度が高いから生まれたくないなんて、甘え過ぎだよ。そんなことが認められるのは人類だけだし、昔の人間だって、どんな難しい人生でもみんな立ち向かってたじゃない。人生がちょっとうまく行かないと自分を産んだ親を恨むなんて、甘ったれにもほどがある」

「何それ。じゃ、私が経験した辛さも、ただの甘えだって言うの？」

聞き捨てならないというふうに佳織も怒りを露わにし、そう訊き返した。

しかし、一度勢いをつけてしまった言葉はもはや理性の制御が利かず、更なる鋭い言葉を呼んだ。

「ええ、そうだね。その通り、甘ったれ、豆腐メンタルだね。父親に認めてもらえないから自分の出生を憎むのって、どんだけナイーブなの？　みんながみんな佳織みたいに打たれ弱いって思わないでよ」

言葉が口を衝《つ》いて出てから、しまった、と思った。付き合って初めての喧嘩らしい喧嘩で、言葉の手加減がうまく行かず、言ってはいけないことを言ってしまったのだ。いくら何でも、佳織の切実な痛みを馬鹿にするような物言いはすべきではなかった。八つ当たりであることは百も承知で、すぐ後悔したが、放言してしまった手前撤回もできず、私は無言で佳織と睨み合った。

佳織はみるみるうちに顔が歪《ゆが》み、暫く押し黙ったままこちらを睨みつけた。そして何も言わずすっとソファから立ち上がり、自室へ戻っていった。バタンとドアが叩きつけて閉められた爆音の後、リビングは再び静まり返った。

静寂の中ひとり取り残され、私は薄暗い室内でひたすらぼうっとするしかなかった。お腹の中で、小さな命がまたポコッと動いた。歯切れの悪い雨の音だけが、しと、しとと、窓ガラス一枚隔てた外の世界で鳴らされていた。


それから数日間、佳織とは一言も会話を交わさなかった。

相変わらず佳織はご飯を作ってくれるが、二人で一緒に食事を取ることがなくなった。いつも彼女が作り置きしたものを、私が一人で食べている。今まで通り、手抜きのない栄養バランスが取れた料理だった。鉢合わせするのが気まずいからか、佳織はしょっちゅう外出するし、家で食事している形跡もない。佳織のことだから、近くのカフェで仕事をしていて、食事もそこで取っているのだろう。鉢合わせしないよう、私も彼女がキッチンで料理をしている気配がある時には自室に籠もるようにしている。それでもばったり会った時はお互い無言で、会釈もせず、さっと目を逸らして自室へ引き上げた。

私の方から佳織に謝るべきだと分かっているが、どう切り出せばいいか分からなかった。謝ったところで、結局子供をどうするかという話題に戻るだろう。佳織は〈キャンセル〉を受けるべきだと主張するに違いないが、それをどうしても受け入れたくない自分がいる。このまま出生強制にずれ込むと佳織もろとも犯罪者になってしまい、とてもまずいのは分かっているが、心のどこかで一か八か産んでみようと思っているのもまた事実だった。そんな矛盾した気持ちに引き裂かれるのと同時に、産んでほしくないのなら佳織の方から話を切り出すのが筋だと、そういう思いもどこかにあった。

〈コンファーム〉の結果が共有されるのは「出生意思確認認定病院」だけなので、産もうと思えば在宅はもちろん、一般の産科クリニックでも出産はできる。外国の事情はよく分からないが、日本では〈合意なき出生〉の子供であっても、生まれた以上、合意出生の子供と法的地位が全く同じで、出生届や戸籍登録などあらゆる行政手続きで不利益を被ることはない。駅前のクリニックの先生が言っていた通り、〈合意なき出生〉は社会的にも倫理的にも推奨されないし、職場の人間や隣近所にバレたら陰口を叩かれるに違いないが、全て覚悟した上でならそれも一つの選択肢ではある。それは未来との博打《ばくち》だ。合意なき出生の子供が自らの生を恨むことなく、出生強制罪で親を訴えもせず成人まで育つことができるかどうか、という険しい賭け。

実際、ネットで検索すると、〈コンファーム〉の結果が〈リジェクト〉にもかかわらず敢えて出産をし、子供を成人まで育てることに成功した人の体験記はいくらでも転がっている。そんな犯罪行為を記事にしてネットで公開するなんて恥知らずだと昔は軽蔑していたが、今はそんな記事を読み漁《あさ》るのが救いになっている。ただ、そんな事例がマスコミに取り上げられることはまずないし、記事も全て匿名だから、結局のところそれが本当かどうか、検証する術はない。

それでも、読むのは止められなかった。気付けば「コンファーム 結果 間違い」「出生意思確認 やり直し」「リジェクト 再検査」などのキーワードを打ち込んで検索しては、様々な人が書いた体験記を貪《むさぼ》るように読み、その中から自分の見たい意見を探していた。インターネットの海は実に様々な立ち位置から発せられた体験や意見に溢れている。検査結果に対して不信感を表明している人、合意出生制度の合理性に疑問を呈する人、国内での再検査を断られ続けたため海外に渡航し、そこで再検査を受けた人。真偽のほどは不明だが、技師を買収したり、ハッカーを雇ったりなどの闇ルートで検査結果を操作したという記事も引っかかった。ダークウェブで偽造の公正証書を手に入れられるという情報まである。それらの言葉に慰められる一方、自分のやっていることはただの自慰行為に過ぎないと自覚しては、自己嫌悪に陥った。

自慰行為にそろそろ飽きてくると、より信憑性《しんぴょうせい》の高い情報が欲しくなり、今度はフリーのネット百科事典にアクセスし、「合意出生制度」と打ち込んでみた。

〈合意出生制度は、生の自己決定権という理念の下で、合意なき出生による不利益を防ぎ、出生意思のある胎児のみ生を受けることを確保するための仕組みである。現代社会におけるスタンダードな制度であり、主要国で概ね導入されている。〉

「合意なき出生」のリンクをクリックすると、

〈合意なき出生は、胎児が出生意思確認（コンファーム）を経ずに、もしくは出生意思確認で拒否（リジェクト）の意思を示したにもかかわらず、生まれることである。現代社会では、合意なき出生は生の自己決定権に対する根本的な侵害であり、大きな不利益をもたらすとされているため、日本を含め多くの国では合意なき出生を強いることを出生強制罪という明確な犯罪行為として定めている。〉

という文章が出てきて、

〈十九世紀の作家アンブローズ・ビアスが『悪魔の辞典』で「誕生」について、「数ある災難の中で、最初に訪れる最も恐ろしい災難」と述べているが、ここの「誕生」とは即ち「合意なき出生」のことを指しているとするのが現代の定説である。というのも、合意出生制度が導入される前の世界における出生は原理的に合意出生たり得ないため、必然的に合意なき出生となるのである。〉

とまで書かれている。「合意出生制度」のページに戻り、目次をぼんやり眺めていると、かなり下の部分に「陰謀論」の小見出しがあるので、そこをクリックしてみた。

〈合意出生制度を巡っては、国民選別論、思想信条管理論、無作為論、パワーバランス維持論、進化プロセス操作論など、様々な陰謀論が流布しており、一定の信憑性がある[要出典]と主張する有識者もいる[誰?]ものの、ほとんど厚生労働省によって正式に否定されている。〉

読めば読むほど、それらの言葉が全て自分を指弾しているように感じられ、嫌な気持ちになった。世の中の常識が、知識として分類されている情報が悉《ことごと》く、お前は間違っている、今すぐ悔い改めよ、と私の鼻を指差して罵っているようだった。気付いたら百科事典のページを閉じ、またしても「陰謀論 正しい 根拠」みたいなキーワードを検索していた。自分のやっていることの不毛さと無意味さにハッとして、全てが嫌になり、私はパソコンを閉じ、外に出て散歩することにした。

リビングには誰もいなくて、薄暗い陽射しに照らされながら静寂に沈んでいた。佳織の部屋のドアは閉まっているが、人の気配がなかった。彼女も外出しているのだろう。午後だった。空は曇っていて薄鈍《うすにび》の雲の層に覆われ、空気は雨上がりの匂いがし、道路にはいくつもの水たまりができていた。ちょうど小学校の下校時間らしく、黄色い帽子を被り、ランドセルを背負って集団下校している小学生の行列が目の前を通り過ぎ、思わず背を向けた。

仲間とはしゃぎながら元気そうに歩いているあの子たちも一人一人、みな合意の下で生まれてきたのだろう。自ら望んで、そして親や世界からも望まれてこの世に生まれ落ちた、祝福された子供たち。必ずしも順風満帆な生涯を送れるとは限らないが、自ら生を選び取ったという体験が燦然と輝く光となり、先の闇を払ってくれる眩《まばゆ》い子供たち。そんな子供たちを見ていると、〈リジェクト〉されたにもかかわらず、胎児を産んでしまいたいという自分の「産意」を咎《とが》められているようで、疚《やま》しさに押し潰されそうになった。あの子たちが祝福された子供なら、私が産もうと願っているのはまさに呪われた子供ということになる。合意なき出生は呪詛《じゅそ》だ。産むことによって、私は我が子に呪いをかけようとしている。

十分ほど歩くと、近所の公園に着いた。この公園は遊具の種類が豊富で、色とりどりの花も植えられていて綺麗だから、子供が生まれたら連れてきたいスポットの一つだった。今でも公園の花壇には、赤いヒヤシンスや黄色いマリーゴールド、ピンクのアスチルベの花が咲いており、春雨の名残りなのか、花弁には透明な雫がついている。ハナズオウや杏の樹もピンク色の小さな花をつけ、微かに戦《そよ》いでいた。

歩き疲れたので公園のベンチに腰を下ろし、一休みしていると、どこからかミャーミャーという小さな鳴き声が聞こえてきた。猫みたいな鳴き方だが、猫より声が高く尖っている。よく聞くと声は複数あり、互いに入り混じっていてとても騒がしい。暫く探すと、滑り台の下、陰になっているところで声の主を見つけた。

それは五匹の、恐らくは生まれたばかりの子犬だった。掌より少し大きいくらいの、儚《はかな》くて弱々しく見える子犬たちは、母親と思われる大きな黒い犬の腹にしがみつき、ミャーミャー鳴きながら乳を吸おうと蠢《うごめ》いている。雨に降られたのか、母犬も子犬も毛が濡れていて、特に子犬は寒そうに震えていた。

犬にしろ猫にしろ、私は一度もペットを飼いたいと思ったことはない。ペットとして人間に飼い馴らされることを彼らは本当に望んでいるのか、彼らの意思を無視して人間側の都合だけを押し付けているのではないか、そういう疑念がどうしても払拭できないからだ。それでも、この世に生を受けたばかりの小さな命が懸命に生き延びようとしているその姿に、私は思わず見入ってしまった。

犬にも自由意志というものがあるのだろうか。生きているのだから、恐らくどのように行動したいかという意思くらいはあるだろう。では、母犬の胎内にいた子犬たちも、生まれることを願ったり願わなかったりするのだろうか。いずれにしても、彼らは自らの意思と関係なしに生まれてくる。合意出生制度ができる前の人間もそうだった。そこには苦悩も葛藤もなく、ただ神意や運命や自然の摂理といったものに従ったまま命の循環を果たしているだけだった。今となっては、それが羨ましいとすら思えてくる。と同時に、二か月前に姉に放った言葉が悉くブーメランとなって返ってきて、私を打ちのめす。だから人間は動物とは違うんでしょ？　人間にしかできない進化のプロセスを否定するって言うの？　人間が人間たる所以なんだよ。

その通り、犬が羨ましいと思うなんて、ほんとどうかしている。でも、このどうかしている自分が感じている辛さと苦しさ、たとえそれが昔の自分なら全否定していたであろう正しくない感覚であっても、それを抑える術を今の私は知らない。

「あっ、ワンちゃんだ！」

ふと背後から子供の声がした。振り返ると、一人の女性が子供を二人連れていて、私の後ろに立っていた。顔を輝かせて子犬たちを見つめている二人の子供は、どちらも学齢前に見える。

「ワンちゃんの赤ちゃんよ。可愛いね」

母親と思しき女性が子供にそう言うと、今度は私の方を向いて軽く会釈した。「ごめんなさいね、子供たちがうるさくて」

「あっ、いえ、まあ」

突然話しかけられてどう反応すればいいか分からず、狼狽《うろた》えた。母犬と子犬を囲んで騒いでいる子供の笑顔を見ると、胸が搔き毟《むし》られるようで苦しかった。

母親は私の膨らんだお腹に目を落とすと、柔らかな微笑みを口元に浮かべた。

「赤ちゃん、いるんですね」

「あっ、えっと、はい」

「男の子ですか？　女の子ですか？」

「女の子、です」

「お母さんはまだお若いから、きっと元気な女の子が生まれてくるでしょうね」

その言葉が鋭い針のように刺さり、胸がちくりと痛んだ。目の前で幸せそうに微笑んでいる母親を突き倒したい衝動に駆られたが、何とか堪えた。

この子たちも当然、自ら望んで生まれてきたのだろう。私の子供と違って、祝福された子供なのだろう。その祝福が妬ましく、その笑顔が憎らしい。もしここで、この母親に、自分の「産意」を吐露してしまったら、彼女はどんな反応を示すのだろうか。きっと私を軽蔑するだろう。けだものを、それこそ人の道を外れた人非人を見るような目で、私を糾弾するのだろう。

逃げるように公園を離れ、家に帰った。これから先もずっと、合意出生の親子を見るとこんな辛い気持ちに苛まれなければならないのだろうか。もしこの子を産んだら、きっとバレることを恐れて毎日びくびくしながら生きていくことになるだろう。河野部長の妻の気持ちを想像すると気が遠くなり、姉が経験した悲しみに考えを巡らすと、胸が締め付けられるように息苦しかった。

家に入る前にメールボックスをチェックすると、私宛てに一通の手紙が届いていた。封筒には差出人が書いていない。今どき手紙なんて珍しい、そう思いながら、部屋に戻って中身を確認すると、姉からだった。

＊

彩華へ
お久しぶり、でもないか。彩華、元気かな？　元気してるといいな。

突然の手紙でびっくりしてると思うけど、最後まで読んでくれると嬉しいな。

この手紙が届く頃はもう予定日も近いし、〈コンファーム〉も済んでいるでしょう。

結果はお姉ちゃんには分からないけど、うまく行っていることを祈ってる。でも、万が一うまく行かなくても、あまり落ち込まないでほしいの。どうすべきかじっくり考えて、後悔しない選択をしてほしい。何より、お姉ちゃんみたいな過ちを犯さないでほしい。

お姉ちゃんは今、誰にも見つからないところに隠れている。これだけ情報技術が発達している現代でも、そんな場所がこの日本にはいくつもあるなんて、びっくりだね。といっても、どこなのかはここに書くわけにはいかないの。万が一見つかったら、大変だから。同じ理由で、携帯も使ってないし、タクシーにも乗らない。携帯に内蔵されているGPSで場所が特定されるかもしれないし、タクシーを使うと乗車記録が残るからね。

これから書くことは少しショッキングな内容になるかもしれないから、誰もいない場所で、落ち着いて読んでね。

彩華、去年一緒に行った新宿のカフェ、「マグノリア」、覚えてる？　報道規制が敷かれているからニュースでは報じられていないけど、あそこは「天愛会」の本拠地だったの。マグノリアの花言葉、知ってるかな？　「自然への愛」。

「マグノリア」は表向きではレトロなカフェだけど、実は壁の裏には更に地下へ通じる秘密の通路があって、通路を下り切ると会員たちが普段活動をしている密室に辿り着く。どんな電波も届かないし外からも探知できない地下の密室だから、長い間、政府も警察もお手上げだったたってわけ。

なんでそんなこと知ってるのか気になると思うけど、白状するね。お姉ちゃんも「天愛会」の会員だったの。東京にしょっちゅう出かけたのは、会の活動のため。といっても、お姉ちゃんは別にテロの計画には関わっていないから、安心して。

そもそも「天愛会」の始まりは、単なる自助グループだったらしい。合意出生制度のもとで生まれてこない我が子と死別を強いられた悲しい母親たちが集まって、心の傷を癒やすための会合。自分の経験をみんなで共有し、どうすればこの悲しみを乗り越えられるか、前へ進めるか話し合うのが、会の趣旨だった。今となっては「天愛会」は怪しい宗教団体やテロ組織みたいなイメージが強いけど、テロが起こるまでは、そういう自助グループみたいな活動は各地で行われていたの。というか、こちらが本来の活動内容だったけどね。「天愛会」という名前がついたのも、会が発足して随分経ってからのことで、最初は「マグノリアの会」という名前だったんだよ。

お姉ちゃんが会の活動に参加し始めたのは数年前、子供を失い、夫とも離婚した時のことだった。あの時は本当に寂しかった。とにかく誰かと話をして、悩みを、悲しみを共有したかった。ネットで会の活動のことを知ると、密かに東京に通い始めたってわけ。

今となって思い返すと、あの頃の会は既に怪しげな感じになっていた。ただ悲しみを共有し、未来へ踏み出すための話し合いをするというより、堕胎を強要される母親の気持ちを分かってくれない夫や家族に対する恨み節を吐き出す場になっていた。もちろんそういう場もとても大切で、実際、気持ちを吐き出すことで救われた人もたくさんいた。でもね、共感が共感を呼んでみんなの気持ちがどんどんエスカレートしていくと、いつの間にか恨みの矛先が合意出生制度そのもの、この制度を作った政府と体制、そしてそれを当たり前のように許した社会になっていった。

こんな制度を作ったのは結局、妊娠する側の気持ちを分からないし、分かろうともしない男たちだったんじゃないか、と誰かが言うと、そうだそうだと満場の喝采を浴びた。〈コンファーム〉なんて嘘っぱち、本当は国が裏で国民の情報を掻き集めているんだ、と別の誰かが言うと、やっぱりそうか、おかしいと思ったよ、というふうにみんなが納得した。

白状すると、そんな共感の渦に浸るのは、すごく気持ちよかった。やはり自分は間違ってなかった、間違ってるのは社会と世の中だ、そういうふうに信じ込むことができた。人間は本当に弱い生き物だからね、傷付かないためにも、自分と違う意見はすぐ跳ね返すか見て見ぬ振りをし、自分自身を肯定してくれるような情報ばかり摂取したがるの。そんな情報は麻薬のように、摂取する度に自分の信念が強化され、会への依存度も高まっていった。だから、間違っているのは世間ならそれを正してやるべきだと誰かが言い出した時、あまり異論は出なかった。

最初はデモや駅前演説をやったり、雑誌に寄稿したりといった活動から始まって、お姉ちゃんも何回かデモに参加した。そのうち、もっと効果的な手段を採るべきだと誰かが言い出したので、出生意思確認認定病院への攻撃計画が持ち上がった。お姉ちゃんは計画には関わらなかったけど、強く反対もできなかった。そんな計画はどうせ実行に移せるはずがないと思っていた。実際、計画の途中で検挙され、会員が逮捕されるようなことが何度もあった。

だから、S国際病院への攻撃が成功した時、お姉ちゃんは本当に怖くなった。自分たちの理念を主張するためとはいえ、数百人を殺すようなことはいくら何でもやり過ぎだと思った。お姉ちゃんと同じように考えた人も多いので、一時は退会者が続出した。悩んだ末、お姉ちゃんは退会はせず、会に残って見守ることにした。

でも、出生拒否をされて堕胎せざるを得ない状況に直面した母親は毎日どこかで現れているし、大規模な行動を実行した後はシンパもかなり増えたので、新会員の募集には困らなかったな。そのうち、次の攻撃計画も持ち上がったの。暫定の目標は、T大附属病院だった。

計画を知ったのは、彩華んちに押しかけた二月の夜だった。あの時はいきなり押しかけて意味の分からないことをべらべら喋って、ほんとごめんね。計画を知った直後だからちょっと取り乱してたの。

彩華がまさにT大附属病院で〈コンファーム〉をする予定だと分かった後、それをやめてほしいと説得したでしょ？〈コンファーム〉をしてお姉ちゃんみたいな思いをしてほしくないというのもあるし、どうしても確認をするならT大附属病院は危ないからやめてほしかった。

でも、彩華はすごく決意が固かったね。そんな彩華を見て、本当は徹頭徹尾、間違っているのは自分かもしれない、そう思った。自分が正しいと信じ込むために、自然とか、天の本心とか、陰謀論とか、どんなものにでも懸命に取り縋《すが》った。結局、お姉ちゃんは自分の産意に勝てなかった、ただの弱い人間かもしれない。いや、本当は薄々気付いてはいたのに、ずっと目を背けていただけかもしれない。

T大附属病院はやめてほしい、と説得を試みたところで理由を聞かれたら上手く答えられないし、攻撃目標自体も変更になるかもしれない。何より、会の趣旨に疑問を抱いた以上、計画が実行されるのを手を拱《こまね》いて見ているわけにはいかなくなった。「マグノリア」を警察に通報したのはお姉ちゃんだった。今まで会の活動を黙認してきた、せめてもの罪滅ぼしのつもりだったけど、亡くなった人が蘇ることはないし、犯してしまった過ちを償えたとも思わない。本拠地が警察に取り押さえられ、主要幹部が逮捕されたことによって会は壊滅的なダメージを受けたけど、それでも各地に残党がいて、裏切り者を捜しているの。見つかったら最後だね。

実を言うとね、去年、彩華を「マグノリア」へ連れていったのは、あわよくば勧誘できるかもしれないと思ったからなの。でも、結局切り出せなかった。子供が生まれるのを楽しみにしている彩華がとても幸せそうに見えたからというのもあるけど、たぶんあの時既に、お姉ちゃんも会の活動に少しばかり疑問を抱いていたのかもしれない。そんな疑問の正体に早く気付けばよかったのにな、と今となって振り返ると後悔するばかり。

だらだらと書いてしまって、ごめんね。ていうか、「安心して」って書いたのに、全く安心できるような内容になっていないのかもしれないね。冒頭を読み返すと、「お姉ちゃんみたいな過ちを犯さないでほしい」なんて偉そうに書いたのに、結局これも、彩華に自分のことを打ち明けたい、分かってほしい、というお姉ちゃんの勝手なエゴだけかもしれない。ほんとに何から何まで、ごめんね。

謝罪ついでに一つお願いを言うと、もしお姉ちゃんがどこへ行ったかってお母さんから訊かれたら、適当に誤魔化してくれる？　こんな状況だから、まだ当面は家には帰れないの。それと、この手紙は読んだら燃やしてね。あ、お願いを二つ書いちゃった。

お母さんと言えば、彩華に謝らなければならないことをもう一つ思い出した。子供の時、お父さんとお母さんがお姉ちゃんには優しかったのに彩華には厳しかったのは、たぶん、意思確認を経ずに私を産んだことで責任を感じていたからだと思うの。生まれてきて不幸だったなんて一度も思ったことがないし、お父さんとお母さんを恨んだこともないから、勝手に責任を感じられるのはお姉ちゃんとしても余計なお世話って感じだったけれど、彩華にはたくさん辛い思いをさせてしまって、ごめんね。そんな余計なお世話がなかったら、彩華とはもっと仲良くできたかもね、なんて今でも時々思う。

彩華の幸せを、いつでも祈ってる。これだけはほんと。

お姉ちゃんより

＊

お姉ちゃんずるい、というのが手紙を読んだ直後に浮かんだ言葉だった。それなのに、気が付けば涙がこれでもかと溢れ出てきて、止める術がなかった。

どこまでも呑気で、憎らしい姉だ。いくら安全な場所に隠れているからといって、のほほんと全てを打ち明ける手紙を書いてしまうなんてあまりにも呑気だし、一人で勝手にどこかへ消えたくせに、こんなにも一方的で、自分勝手な手紙を送りつけてくるところが憎らしい。今までこんなにも深く自分を隠していたのなら、せめて最後まで隠し通してほしかった。こちらの思いも考えも届きそうにない、どこなのかも分からないところに隠れておいて、何が「彩華の幸せを、いつでも祈ってる」だ。

手紙を何度も読み返したが、姉の言葉通りに燃やすことはできなかった。姉の思考回路も行動原理も、やはり自分には理解できそうにない。しかし自助グループに頼らずにいられなかった姉の悲しみは、今では痛いほど分かる。

玄関のドアが開く音がして、ハッと我に返った。窓の外を見ると、いつの間にか空が暗くなっていて、すっかり夜だった。手紙を読み返したりぼうっとしたりしているうちに何時間も経ち、佳織が帰ってきたのだ。

反射的に息を潜め、リビングにいる佳織の動静に耳を澄ませた。ドサッと重いものがテーブルに置かれる音がしてから、水道水の音、電気ケトルでお湯を沸かす音、そして食器を取り出す時の陶磁器の擦れ合う音が続いた。佳織が帰宅すると真っ先に温かい紅茶を淹れて飲む習慣があることを、私は知っている。お湯が沸騰したことを告げる電気ケトルのカチッという音が鳴り、キッチンの棚からティーバッグを取り出す時のさやさやとした物音がする。ややあって、ソファに腰を下ろす時の軋《きし》みも聞こえた。あのソファは結婚を決めてから二人で一緒に家具店で選んだもので、色やデザインには佳織のこだわりが反映されていた。僅か三年前のことだった。あの時は佳織とさえいれば、世界の何もかもが色とりどりで輝かしく見えた。

いや、三年前に遡るまでもなく、僅か三週間前でも、私たちは幸せだった。幸せで、同じ世界を見ていて、新しい命が生まれてくるのをともに待ち望んでいた。今佳織が飲んでいる紅茶だって、私のために買ったノンカフェインのものなのだ。それなのに、たった十分間の検査で、全てが壊れてしまった。今私たちの目の前にある道は、子供を諦めるか、そうでなければともに犯罪者になり、世間からは指弾され、子供からは恨まれて訴えられるリスクを背負い、自身の罪悪感にも苛まれながら、子を産み、育てるか、どちらかだ。

リビングから、ティーカップをソーサーに置く澄んだ音に続き、軽い溜息が聞こえた。佳織の溜息だった。それから暫く静寂があり、窓の外から時おり通り過ぎる車やエアタクシーの音だけが耳をくすぐった。部屋のドアの下の隙間からは、リビングの電気の明かりが見えない。佳織は電気をつけていないのかもしれない。暗闇の中で独りぽつんとソファに座ってぼうっとしている佳織の姿を想像すると、胸が張り裂けそうだった。

やがて佳織がソファを立つ音がした。佳織がティーカップとソーサーをシンクのところへ持っていき、それを洗っている姿はありありと思い浮かべられる。仕事柄、私より家にいる時間が長く、キッチンに立つ回数も多い佳織なら、紅茶を淹れたりティーカップを洗ったりするくらいの作業なら電気などつけなくても、窓から室内に滲む街灯の微かな明かりだけでできるに違いない。

洗い終わったのか、佳織がキッチンを離れ、荷物を手に取って自分の部屋へ向かう気配がした。しかし気配は彼女の部屋には戻らず、動線の途中にある私の部屋のドアの前で止まり、暫くそこから動かなかった。

視線の温度がドア越しに伝わってくる。私は今、ドアの板を一枚隔てて、佳織と見つめ合っているのだ。そう思った途端、顔に火照りを覚えた。

部屋の電気がついている。その明かりはドアの下の隙間からリビングに漏れているに違いない。つまり私が部屋にいることを、佳織は知っているのだ。どこまでも立ちはだかる無音が、ドアの両側にいる私たちを包み込んでしまう。自分の鼓動が聞こえる。ドクン、ドクンと、秒針のチクタクより少し速いペースで体内に鳴り響く。その音が時間が経つとともに、お腹の中の子供、そして扉の向こうにいる佳織に繋がり、三人の心拍が同調していくように感じられた。血液の奔流が一つになっていく想像をした。

佳織はただそこに立っていて、ドアを開けたり、ノックしたりしなかった。今すぐドアを開けて佳織を抱き締めたかったが、勇気が出なかった。抱擁の先にある向き合いたくないものを、どうしても考えてしまうのだ。子供の時は結婚を全てのゴールだと思っていた時期もあったが、いざ結婚してみるとその先には長く平凡な生活があることに気付いた。それと同じように、たとえ仲直りができても、その先には向き合わなければならない問題がたくさんある。そう考えると、どうしても怖じ気づき、億劫《おっくう》になり、最初の一歩が踏み出せない。あるいはこのまま関係を破滅させ、子供が生まれる前に思い切って佳織と離婚してしまった方がいいかもしれない。それも一つの手だ。子供が生まれる前に離婚すれば、佳織は出生強制の犯罪者にならずに済むのだ。しかし、出産というゴールの先に横たわる途方もない月日のことを考えると、そんな決断もできやしない。巨大な罪悪感を背負い、他人の視線にびくびくしながら、自分が呪いをかけてしまった子供を一人で育てていくことは、私にはできるのだろうか。

どれくらい経ったか、ドアの向こうの気配がようやく動き出した。佳織が自分の部屋に戻った。彼女の部屋の方から、ドアが開き、そしてまた閉まる音がした。

ほっとする気持ちの方が大きいか、それともがっかりの方が大きいか分からないまま、私は目を閉じて、深呼吸をした。息苦しい。動悸がして、胸焼けがする。

いつの間にか床に落ちていた姉の手紙を拾い上げ、もう一度じっくり読んだ。読んでいるうちに、一つの考えが心の中に現れた。それが次第に具体的な形となって固まり、決意へと変わっていった。

——私はもう一度、「マグノリア」へ行かなければならない。

5

佳織に気付かれずこっそり家を抜け出した時は、ちょうど勤め人たちが家路を急ぐ頃だった。夜のカーテンは深海の青みを帯びており、鎌の刃みたいに細い三日月がその一角に懸かっている。

流石に満員電車は辛いので、新宿へはエアタクシーで行くことにした。人目を気にせずに乗れる自動運転がありがたかった。

アルタ前に降り立ち、朧《おぼろ》げな記憶を頼りに複雑な路地を迷いながら暫く探すと、やっとかつての「マグノリア」に辿り着いた。

薄暗い街灯に照らされながら雑居ビルの一角に潜んでいる地下への階段は、今や警察の封鎖ラインが引かれていて、下には降りられない。封鎖ラインを越えようとすると、殺到する警備ロボットに逮捕される羽目になるだろう。階段の横にあった「カフェマグノリア」の木のプレートも当然なくなっていた。周りには誰もおらず、数機の警備ロボットが辺りをちょろちょろ巡回しているだけだ。

警報を作動させないよう気をつけながら、私は封鎖ライン越しに階段の下の様子を窺ってみた。しかし階段の下の空間を満たしているのはどこまでも濃密な暗闇だけで、何も見えなかった。

姉と一緒に来た日の情景が胸裏に浮かぶ。かつて姉が何度もここへ通い、堕胎を強いられた悲しみを仲間と共有することで救われようとしていたのだ。当時の姉にとって、ここが唯一の居場所だったのかもしれない。そう思うと目頭が熱くなった。危ない組織に引っかかった姉を馬鹿だなと思う一方、しかし自分だって、もし「天愛会」が今でも存続しているのなら、頼らないでいられる自信は全くない。

路地の中は静かだった。耳に入る音といえば、警備ロボットについているキャスターの音や、遠くの大通りで車がひっきりなしに通り過ぎる音だけだった。

いつまでも突っ立っていても仕方ないので、帰ることにした。そもそも何故ここに来ようと思ったのか、何をしに来たのか、自分でもよく分からない。既に摘発された後だから、きっと中には入れないだろうし、入れたところで誰もいないに決まっている。

このように自分でも説明がつかない行動を取ってしまうのもホルモンバランスの乱れのせいかもしれないと思いながら、来た道を辿って駅前へ向かった。狭い路地だと、エアタクシーが着陸できないのだ。

いくつか路地を通り抜け、大通りに出ようとした時、突然後ろから誰かに手を引っ張られた。反射的に振り向き、悲鳴を上げようとしたが、寸前に口を塞がれた。

「しっ。静かに。騒ぐと警備ロボットに気付かれる」

そう囁きかけたのは、見知らぬ女の人だった。

騒ぐなと言われても、いきなり知らない人に手を引っ張られて口を塞がれたら、誰だって騒ぐだろう。口を塞ぐ手に籠もっている力から判断すれば、女は特段強い力の持ち主ではない。こちらが抵抗して暴れたら、近くの警備ロボットはすぐ気付いて駆けつけてくれるはずだ。

ところが、女の次の言葉で思い止まった。

「やっぱり、彩芽の妹だ」

唐突に出てきた姉の名前に愕然とし、私は女の顔を見つめた。しかしいくら見ても、女の顔はやはり見覚えがない。

「姉さんのこと、知ってるんですか?」

聞きながら、心の中で不吉な想像が浮かんだ。姉を知っているということは、恐らくこの女は「天愛会」の残党なのだろう。本拠地の跡地の近くで待ち伏せしているのは、警察に通報した裏切り者を捜しているからかもしれない。通報したのが姉だとバレているかどうかは分からないが、もしバレていたら、姉をおびき寄せるために私は人質として捕らえられてしまうかもしれない。

私の顔から警戒と不安の色を読み取ったのか、女は手を離して柔らかい表情になり、にこりと笑った。街灯の薄明かりを頼りに、彼女の顔のディテールがぼんやり見えた。姉と同い年くらい、行っても三十代後半に見える女で、まだ若さの名残りが残っているが、綺麗な笑顔がどこか哀しげだった。

「心配しないで。彩芽の友達なの。自分の可愛い妹だよって、彩芽はよくあなたの写真を見せてくれた。実物、写真にそっくりね。名前は確か……彩華さん?」

そう言いながら、女は私のお腹に視線を落とした。「妊娠してるのね。出産まであと少しなんじゃない?」

女に敵意はないようなので、私も少し警戒を緩めた。この女が会の会員だったということは、つまり彼女もまた姉や私と同じ悲しみを経験した人だ——警戒心に代わって心に浮かんだのは、そんな考えだった。

「……予定日まであと一週間ちょっとです」

私はぼそっと呟くような小さな声で言った。

「そう。もうひと踏ん張り。楽しみだね」

女の言葉を聞いて、私はまた検査結果のこと、そして佳織のことを思い出し、気持ちが暗くなった。

黙り込む私の表情から事情を察したのか、女はすっと笑顔を消し、不安げに私の顔を覗き込むように見つめた。

「……リジェクト?」

俯き気味に小さく頷くと、手を握られるのを感じた。女が優しく私の両手を包み込むように握り締めているのだ。今更気付いたが、女の手は温かくて柔らかく、握られているととても気持ち良かった。

「大変だったね」

柔らかい声音で発せられたその言葉に、心の深いところがちくっと刺されたような感触がして、次の瞬間、涙がまたぽろぽろと滑り落ちた。ここ二週間余りの苦労と挫折の記憶が一気にせり上がり、女の顔は涙でぼやけ、溶け合う光と影の塊になった。二十歳を過ぎてから、佳織以外の人に涙を見せるのは今回が初めてだ。慌てて女の手を振り払い、私は彼女に背を向けて涙を拭おうとした。

すると、女は背後から腕を回し、抱くように私の肩を軽く包み込んだ。嗅いだことのない髪の香りが鼻をくすぐる。生身の人間の体温に包まれるのがこんなにも懐かしく、こんなにも救われる気持ちになれるのだと思い出した。

「泣きたいなら、たくさん泣いてね」

気付いた時、私は女に抱きついて泣いていた。熱い涙の雫が、女の肩を濡らしていく。泣きながら、今傍にいて抱き締めてくれているのが佳織だったらどんなによかったか、と心の中で思った。女は私の背中を摩りながら、泣き止むのを静かに待ってくれた。

「さっきは、ごめんなさい」

仄暗《ほのぐら》いカラオケボックスの中で、私は女に向き直り、先刻の失態を謝った。女は微笑みながら軽く頭を振った。

「姉妹なのに、彩華さんは彩芽と全然似てないなと思ってたけど、泣いてる時だけはちょっと似てたよ」

恥ずかしくも赤の他人に泣き顔を見せてしまったその後、二人でじっくり話をしようということになった。天愛会の話はカフェやファミレスではまずいので、カラオケの個室に場所を移したのだ。

女は金結奈《キムゆいな》といって、姉より一つ年上だった。会の他の女たちと同じで、彼女もまた身籠った子供に出生を拒否された経験の持ち主だった。ただ彼女の場合は、〈リジェクト〉の結果を夫に隠し、〈キャンセル〉を受けずに子供を出産した。

ところが出産した後、〈コンファーム〉の結果が実は〈リジェクト〉だったと、夫にバレてしまった。夫は激怒し、このことを双方の両親や親族に言いふらし、自分は何も知らなかった、ただ騙されただけだから悪くないと主張した。周りの人からすれば、それは至極まっとうな言い分だった。夫は妻に騙され、何も知らないうちに犯罪者になってしまった可哀想な人で、それに対し、金さんは子供に合意なき出生を押し付けただけでなく、夫まで犯罪者にしてしまった極悪人だ。

金さんは親族一同からバッシングを受け、夫からも離縁された。子供は取り上げられ、夫の実家で育てることになった。「あんたみたいな犯罪者に育てさせるわけにはいかない」と夫の両親が金さんに宣言した。金さんは何も言い返すことができず、全てを失い、途方に暮れた。「合意出生制度」さえなければ、自分は我が子と生き別れずに済んだのに、と金さんは思うようになった。そんな日々の中で、彼女はネットで偶然「天愛会」のことを知り、入会することにした。

入会したての頃は居心地が良かったが、暫く経つと、自分は「天愛会」の中でも肩身が狭いということに金さんは気付いた。「天愛会」にいるのはほとんど我が子と出生前の死別を強いられた母親であり、それに対し、金さんは会わせてもらえないだけで、子供は健在なのだ。子供がまだ生きているという事実だけで、他の会員の嫉妬を招きかねない。そこで金さんは経歴を偽り、自身も〈キャンセル〉を受けてもう子供はいないと周りに嘘を吐いた。「合意出生制度」への恨みを共有できる場所は外の世界にはないから、何とかして会に残りたかったのだ。

金さんの本当の経歴は、僅か数人にしか話さなかった。姉はその中の一人だった。二人は性格が合うのですぐに仲良くなり、会の活動にはいつも一緒に出席したし、プライベートでもよく一緒に遊んだ。おしゃれをすると気持ちが華やぎ、悲しみも乗り越えやすくなる、そう姉に教えたのも金さんだった。雑談などで、姉はよく私のことを話していたらしい。S国際病院テロ事件の後、金さんは会を離れ、それ以来姉とは会っていないが、一緒に会にいた時のことが懐かしく、今でも時折「マグノリア」の近くをうろうろしているという。

「天愛会は今やすっかりテロ組織や邪教扱いになってるけど、過激な活動に手を染めたのはほんの一握りの人間なの。私や彩芽を含め、大半の会員はただ気持ちを分かち合える仲間と居場所を求めて集まってきただけ。天愛会は、私たちの救いだった。会員は女性がほとんどだけど、中には男性もいた。外の世界じゃ、私たちは気持ちを吐露することすら許されないからね。生の自己決定権という圧倒的に正しい大義名分の下で、出生を拒んだ子供を産みたいというような言動が少しでも見えると、即、親失格のレッテルを貼られてしまう」

淡々と語る金さんの横顔はミラーボールの移ろう光で様々な色に染まっては影に隠れ、表情がはっきり見えない。カラオケの音量はミュートにしたので、ホログラム映像だけが虚しく宙に映し出される。鮮やかな衣装を纏う若いアイドルグループが、無音の海に沈んで魚のように口をぱくぱくさせている。

金さんの言葉を聞いていると、昔の自分を思い出し、何だか自分が責められているようで顔に火照りを感じ、気まずさ半分、恥ずかしさ半分の気持ちになった。

「金さんは、合意出生制度は間違っていると思いますか？」

藁《わら》にも縋る気持ちで、私は訊いた。どちらの答えを望んでいるのか、自分でもよく分からない。

金さんは首を傾げながら、暫く黙り込んだ。

「間違っているか間違っていないかなんて、分からないけど……」

独り言のように呟き、少し間を置いてから、金さんは俯き気味にゆっくり首を横に振った。「いや、違う。たぶんそれは、すごく正しい。自分の人生なんだから、生まれるかどうかは自分で決められるべき。間違った要素なんて何もない。ただ」

そこまで言って、金さんは頭《こうべ》を上げ、私を見つめながら言葉を継いだ。「あまりにも正し過ぎるからこそ、逃げ場がないように感じられたの。天愛会は、いわば正しくない人たちが作り上げた逃げ場のようなもの」

「でも、あらゆる動物の中で、生の自己決定権なんてものがあるのは人間だけだし……」

「確かに、そうね。でも、自由とか、平等とか、そういうものがあるのも人間だけで、他の動物にはないんだね」少し間を置いてから、金さんは話し続けた。「全てが想像と信念に過ぎないかもね。自由や平等、生の自己決定権、そして国家もそう。人間がそれを想像して、それはあるべきものだと信じる。するとそれが本当に現れて、最初からそこにあるかのように存在する。私たちは自由を信じて、平等を信じて、生の自己決定権を信じてここまで歩いてきた。今更もう引き返せないの。それは私たちにとって正しいものだと、みんな信じているから」

「でも、政府は合意出生制度で国民を選別しているとか、思想的傾向を把握しているとか——」

諦めきれず、私はそう言った。気持ちが昂ぶったからか、お腹の辺りが微かに張り、鈍い痛みを覚えた。金さんは私の言葉を遮った。

「全部、何の根拠もないの。残念だけど」

言いながら、金さんは苦笑した。「それが正に天愛会が唱えていた説なので、会に入っていた私が言うのもなんだけど、結局それはそう信じたい人が信じるための説に過ぎなくて。私たちは、『生の自己決定権は正しい』という信念の代わりとなるような、別の信念が必要だった。私だって、会に入ってそんな話を聞いた時はすっかり信じ込んでた。いや、疑いたくなかったと言った方が正しいかもしれない。だって、自分が間違っていたと認めるよりも、自分だけが真実を知っていると思った方が、楽で手軽な救いじゃない？　それで、真実を世の中に知らせなくちゃ、なんて使命感にも駆られたりして。でも、S国際病院の件であれだけ人が死んだから、自問せざるを得なかったの。自分が真実だと信じ込むものの根拠は一体何なのか、そんな行動に出る根拠って一体どこにあるのかってね。そうすると、確かな根拠なんて何一つないことに、やっと気が付いた」

金さんの話を聞いて、私はがっくりした。本当は私だって分かっていた。国民の選別とか、思想の把握とか、そんな目的のためなら、何も出生意思確認なんて回りくどいことをしなくてもいい。わざわざそんな制度を作って、誤魔化すために大仰にも毎年「生存難易度指数」なんてものまで公表するのは、どう考えても合理的ではない。ただ、私も、かつての姉や金さんも、自分が間違っているよりも世界の方が間違っていると信じたかった。そうあってほしかった。思えば、あの乱暴な男性技師だって、ただ検査の仕方が乱暴だっただけで、結果自体は間違っていなかった可能性の方がずっと高い。それが間違っていたと信じたかったのは他ならぬ私自身だった。自分の望みや悲しみに、根拠を与えたかった。自分の産意は呪詛ではなく祝福である可能性を、ほんの少しでもいいから見出したかった。天愛会の人たちと同じで、そうすることで救われたかったのだ。

しかし、それでも腑《ふ》に落ちないことがあった。何か引っかかることがあった。

「そもそも、意思確認が本当かどうかなんて、あまり大事なことじゃないかもしれませんね」

こんがらがる頭を整理しながら、私は脳裏に浮かんだ考えを一つ一つ言葉にしてみた。金さんは小さく頷きながら、静かに耳を傾けてくれた。

「私はギリギリ意思確認を経て生まれてきた世代だけど、生まれる前のことは何も覚えてないんです。何を知らされ、何をどう考え、何故生まれてくることに決めたのか、何一つ記憶に残っていない。ただ、自分は自分の意思で生まれてきたという事実だけが重要で、どんな挫折に遭っても、生まれてきたのは自分の選択だ、この人生は自分が選んだものだ、そういうことを思い出すだけで、すごく勇気が湧いて何でも乗り越えられるような気持ちになるんです」

話しながら、脳裏に散らばっていた漠然とした思考の断片が次第に具体的な像を結び、ぼんやり浮かび上がってきた。「つまり、本当に大事なのは自分の意思で決めることそれ自体じゃなくて、それが自分の意思だと信じ込むことなのかもしれません。重要なのは真実じゃなくて、そう、信念なんです。ある結果が自分の選択によるものだと信じるだけで、人間はその結果を受け入れやすくなる。そしてそれは生きる勇気にもなってくれる。極論を言えば、〈コンファーム〉なんてしなくても、全ての新生児に政府が一律『合意出生公正証書』を発行すれば、同じ効果が得られるんじゃないでしょうか」

「ただ、全ての子供が出生に同意するってのはあまりにも嘘くさいので、ランダムにでも一部の子供を犠牲にして、信憑性を高めてるってこと？」

と、金さんは思案顔で私の言葉を引き継いだ。「たしか、海外の一部の国では実際に〈コンファーム〉が行われず、ただ無作為に公正証書を発行してるだけって噂も聞くけど……」

「いや、別に新手の陰謀論を提唱したいわけじゃないんです。寧ろ日本はちゃんと確認している可能性の方が高いと思います」

私は首を振りながら言った。言いながら、日本はちゃんとやっているというのも、ひょっとしたら自分の願望に過ぎないのかもしれない、と思った。そうでなければ、犠牲にされた子供の母親として、あまりにも受け入れがたいからだ。結局、それすらも私がどちらを信じたいかの話に過ぎない。心なしか、先刻感じたお腹の痛みが少し強くなった気がした。私は話し続けた。「ただ、ちゃんと意思確認をしているのと、単に無作為に選んでいるのとでは、結果的にあまり変わらないいんじゃないかなと、そう思っただけです」

言い終わると、私も金さんも黙り込んだ。何たる混沌。何が真実なのか、何を信じればいいか、全く分からない。

それでも、自分が既に疲労困憊《こんぱい》していることに気付いた。もう疲れた。疑うことに、異を唱えることに、自分の産意と罪悪感に引き裂かれることに疲れたのだ。真実がどうあれ、どうせ結果が変わらないのなら、真実だと教えられたものを真実だと信じればいい。それが一番楽だし、なおかつ正しいのかもしれない。そもそも、もし自分の検査結果が〈アグリー〉だったら、端《はな》から疑う気なんて起こらなかっただろう。昔みたいに、合意出生制度が絶対的な善だと信じて疑わなかっただろう。なのに、自分にとって不都合な結果が出た途端、自分自身の生の根源まで疑ってしまうなんて、どこまでも都合のいい人間だ。

「やはり――」

口を開き、やっと整理がついた考えを言葉にして金さんに伝えようとした。

が、その矢先に下腹部から激しい痛みが伝わってきた。誰かが身体の中で臓器を摑み、雑巾を絞るように捩《ね》じっているような痛みだった。

「あっ！」

突如襲ってきた激痛に、私は思わずお腹を押さえ、上半身を折り曲げた。私の異変に気付いた金さんは慌てて、

「どうしたの？　彩華さん、大丈夫？」

と、背中を摩りながら声をかけてくれた。そしてすぐに状況を察し、

「陣痛が始まったのね。彩華さん、病院の連絡先、分かる？」

押し寄せてくる痛みに耐えながら、私はバッグから携帯を取り出し、電話帳を開いて、いつも通っている駅前のクリニックの番号を探し当てた。が、通話ボタンを押す直前にまた痛みの波が襲ってきて、思わず息が詰まり、携帯を握っている手から力が抜けた。携帯が手元から床に落ちきる前に器用にそれをキャッチし、クリニックに電話をかけ、

更にはタクシーを呼んでくれたのは金さんだった。

＊

佳織がクリニックまで駆けつけてくれた時、陣痛は既に止まっていた。

「ごめんね、前駆陣痛だったの」

血相を変えながら病室に駆け込んできた佳織に、私はベッドの中で謝った。痛みは治まったが、まだ声に力が入らず、弱々しく聞こえる。「前駆陣痛にしては珍しい痛みで、先生も最初は判断がつかなかったけど、暫く経つと落ち着いてきたの」

佳織は脱力したように、ベッドの横の椅子に倒れ込み、ふうと溜息を漏らした。

「もう、本当に生まれてくるかと思ったよ」

そう言う佳織はまだ息切れしていて、背中がゆっくり上下している。その手には、私たちが事前に用意した入院持ち物セットの入ったカバンが握られている。

「じゃ、私はこれで」

佳織の到着を確認すると、クリニックまで付き添ってくれた金さんはほっとした微笑みを浮かべ、私に向かって小さく手を振った。「元気でね」

ベッドの中から金さんにお礼を言って、手を振りながら送り出す。金さんが部屋を出ていくと、佳織は訊いた。

「あの人、誰?」

「姉さんの友達。ここまで連れてきてくれた」

私がそう言うと、佳織は気まずそうに目を逸らした。

「ごめんね。こんな時に傍にいなくて」

私は微笑みながらゆっくり頭を振った。

「ううん、家を勝手に抜け出したのは私だもん。佳織が来てくれて、すごく嬉しいよ」

歩けるようになったらもう帰っていいですよ、本陣痛が始まったらまた来てくださいね、と、一人の看護師が部屋に入ってきて、そう伝えてからまた出ていった。

カチャッと扉が閉まると、暫く沈黙が訪れた。佳織は黙ったまま、目線を私の顔とお腹に行き来させていた。ややあって、

「あのね」

と、佳織は私の手を握り、決心がついたようにそう切り出した。「あれから、色々考

えたんだけど」

「うん？」私は相槌を打ち、言葉の続きを待った。

「この子、もし彩華が産みたいんなら、産もうよ。産んで、一緒に育てよう」

私の左手を握り締める佳織の両手に、力が籠もったのを感じた。佳織は視線を私のお腹に落としながら、話し続けた。

「私が出産に反対したのは、子供に悲しい思いを、辛い思いをさせたくないと思ったからなの。私の親みたいに、勝手に子供を産んでおきながらその在り方が受け入れられず、そのせいで子供が辛い思いをするという、そういうことを避けたかった。

でもここ数日、ずっと考えてた。確かに私は自分の意思で生まれてきたわけではないし、親に受け入れてもらえなくてとても辛い思いをしていた。できればあんな親に生まれたくなかったし、もし〈コンファーム〉を受けてたら、たぶん〈リジェクト〉してたと思う。でもね、じゃこれまでの人生を振り返って本当に不幸だったのかと言うと、必ずしもそうじゃなくて」

そこまで言って、言葉を探しているように佳織は暫く考え込んだ。その間に私が訊いた。

「佳織は、幸せ？」

そう訊かれて、佳織はくすっと笑みをこぼした。

「幸せか幸せじゃないかって、そんな簡単に言えるもんかよ。もちろん、辛いことの方が多いのが人生だね」

佳織はそこで一呼吸入れてから、話し続けた。「でも、まあ。彩華といる時は、ほんとに幸せだよ。生まれてきた甲斐があったなって思えるくらい、幸せ。だから、この子もそんな幸せが感じられるように、私たちが頑張ればいいやなんて、思ったの」

「佳織はこの子が欲しいの？」

「そりゃ、子供の意思を尊重すべきだという考えは変わらないよ。この子が生まれたくないと言うのなら、やっぱり産まない方がいいって、今でも思う。でも、それで彩華が傷付くくらいなら、私だって腹を決めるね。この子に、自分は馬鹿な選択をした、やっぱ生まれてきてよかった、って思わせてやるよ。精一杯可愛がって、幸せにしてやる」

私は佳織の顔をじっくり見つめた。これが彼女なりに一生懸命考えて出した結論だということがはっきり伝わるくらい、その顔は決意に満ちている。根雪が春の光に融けるように、心の深いところまでとろんととろけていくのを感じる。身体が起こせるなら、今すぐ彼女をぎゅっと抱き締めたいと思った。代わりに、私も両手に力を込め、彼女の手を強く握り締めた。今触れられる肌はこれくらいしかないという事実が、とてももどかしい。

「佳織、ありがとう」

彼女の手の温もりを感じながら、私は言った。言葉が形を持ち、シャボン玉のようにふわふわとゆっくり宙に浮いてから、パチッ、パチッと弾ける想像が頭に浮かぶ。

「でも私、〈キャンセル〉受けるね」

佳織は愕然と私の顔を見つめた。

「佳織が言ったように、私たちがほんとにものすごーく頑張れば、この子を幸せにできるかもしれない。自分の選択が間違ってたって思えるくらい、幸せにできるかもしれない。でもそれだけじゃ、やっぱり駄目な気がする。一人の人生の、ほんとに始まりのところで、既に何か大事なものを奪われているというのは、やはりよくないと思った。人生の初っ端から自分の意思が無視されたという事実が、この子にとって一生解けない呪いになるかもしれないって、そんな気がするの。私は自分の子供の出生に、呪いじゃなくて、祝いを捧げたい。心から言祝《ことほ》ぎたいの。それが私たちの初心で、合意出生制度がもたらした最大の恩恵でもあるでしょ？」

暫くの沈黙の後、佳織が口を開いた。

「彩華は、この子が産みたいんじゃなかったの？」

「産みたいよ。すごく産みたい。この子の顔が見たい。サルみたいにしわしわで、赤らんだ泣き顔を撫でてやりたい。今のが本陣痛じゃないのが悔しいと思えるくらいにね」

息継ぎを入れてから、私は話し続けた。「でもそれって、結局私の産意、私の自分勝手な願望以外の何物でもないということを、やっと認めることができたの。このままじゃ、労働力欲しさに子供を産む昔の人と何も変わらない。そんなことしたら、人間の尊厳を否定してしまうことになる」

言いながら、私はお腹を軽く撫でた。姉が言った通り、横になっていると膨らんだお腹が小さな丘のように見える。大事な宝物が入っている、命の丘。自分が呪いにかかっても構わないから、その宝物に、精一杯のお祝いを捧げてやりたい。

「彩華はそれでいいの？　それが正しいと思う？」

佳織の質問に、私は枕に置かれている首を小さく振りながら答えた。

「何が正しいかは分からないし、何を信じればいいのかも分からない。でもこれが、この子のために今の私にできる唯一の選択。そんな気がする」

　また静寂が訪れた。壁にかかっている時計の秒針が進む音がする。どこかの部屋で、新生児がけたたましく産声を上げたのが聞こえる。きっとそれも、祝福された産声だ。

「今度は、私が妊娠手術を受けるね」

　と、佳織がぽつりと言った。その横顔はどこか寂しそうに見えた。私はもう一度彼女の手をぎゅっと握り、微笑みかけた。

「今度の子が、生まれることに同意してくれるといいね」

　産声はなかなか止まらない。合間に男の嬉し泣きの声も聞こえてきた。今この瞬間も、この世界では多くの命が生まれている。そのことが、この上ない希望のように思える。

初出　「小説トリッパー」二〇二一年秋季号

装画　松川朋奈
© the Artist, courtesy of Yuka Tsuruno Gallery

カバー表1
彼女が大人になる頃には
By the time she grows up
2019
33.3 × 45.5 cm (P8)
パネルに油彩

カバー表4／表紙
周囲が何を言ったとしても
No matter what they say
2019
33.3 × 45.5 cm (P8)
パネルに油彩

扉
私はいつまでこの子の〝一番〟でいられるんだろう
I wonder until when I can be this child's "number 1"
2020
14 × 18 cm (F0)
パネルに油彩

装幀　田中久子

李琴峰（り・ことみ）

一九八九年、台湾生まれ。作家・日中翻訳者。二〇一三年来日。早稲田大学大学院日本語教育研究科修士課程修了。一七年「独舞」（単行本化に際し『独り舞』に改題）で群像新人文学賞優秀作を受賞しデビュー。二一年『ポラリスが降り注ぐ夜』で芸術選奨文部科学大臣新人賞、『彼岸花が咲く島』で芥川龍之介賞を受賞。著書に『五つ数えれば三日月が』『星月夜』。

生《せい》を祝《いわ》う

二〇二一年十二月三十日　第一刷発行

著　者　李琴峰
発行者　三宮博信
発行所　朝日新聞出版
〒一〇四―八〇一一　東京都中央区築地五―三―二
電話　〇三―五五四一―八八三二（編集）
〇三―五五四〇―七七九三（販売）

印刷製本　中央精版印刷株式会社

ISBN978-4-02-251803-3

定価はカバーに表示してあります。
落丁・乱丁の場合は弊社業務部（電話〇三―五五四〇―七八〇〇）へご連絡ください。送料弊社負担にてお取り替えいたします。